U0863063

下酒菜

方毅

赵岩 著

長江出版傳媒 | 长江文艺出版社

图书在版编目（CIP）数据

下酒菜 / 赵岩著. -- 武汉 : 长江文艺出版社, 2024. 9. -- ISBN 978-7-5702-3733-3

Ⅰ. I267

中国国家版本馆 CIP 数据核字第 202405Z7T0 号

下酒菜

XIAJIUCAI

责任编辑：刘秋婷　　责任校对：毛季慧

封面设计：源画设计　　责任印制：邱　莉　王光兴

出版：长江出版传媒｜长江文艺出版社

地址：武汉市雄楚大街 268 号　　邮编：430070

发行：长江文艺出版社

http://www.cjlap.com

印刷：武汉中科兴业印务有限公司

开本：880 毫米×1230 毫米　1/32　　印张：8.875

版次：2024 年 9 月第 1 版　　2024 年 9 月第 1 次印刷

字数：191 千字

定价：45.00 元

版权所有，盗版必究（举报电话：027—87679308　87679310）

（图书出现印装问题，本社负责调换）

目　录

第一辑　人生至味在少年

下酒菜 / 003
会拥抱的菜 / 008
鹅子汤 / 011
呼噜汤 / 015
一只鹅的身后事 / 020
声嘶力竭的草莓 / 022
冰　棒 / 028
扁食不要样，来回捏三趟 / 032
送粥米 / 037
过年的饺子 / 041
元宵节的灯 / 044
花老虎 / 049
归的子 / 052
炖秦椒 / 055
面疙瘩 / 058
茄子腿 / 062
拔　丝 / 064

桌子板凳 / 067
方便面 / 069
绿皮车上的烧饼 / 072
被窝里的夜宵 / 075
肯吃嘴 / 077
在没有深夜食堂的日子里 / 081
酒桌上的传说 / 088
春联的小名 / 092
匹夫筐 / 097
黑怕啥？黑得甜心！ / 101
“大”时代 / 104

第二辑　趣味恩仇在心间

洋气的道歉 / 109
尿床肇事者 / 114
瓜 / 118
“地牛”去哪了？ / 122
石猴子 / 125
小刺来了！ / 131
指爱为傻 / 135
爱走亲戚的孩子 / 138
敲骨吸髓的雨天 / 141
夜　路 / 144
毛毛褂 / 150
与公交车的往昔恩怨 / 154

第三辑　酸甜苦辣出乡关

一见钟情的裙子 / 159
有娘的小鸭和没娘的大鹅 / 164
右　耳 / 169
坑 / 173
猪八戒 / 177
白菜娃 / 190
第七个青皮 / 194
父亲的“豪”与“抠” / 198
袖子里的秘密 / 204
大客户 / 207
两边派 / 209
这款妈妈怕“麻烦” / 211
野生的孝心 / 217
姑奶奶不赊账 / 223
幽默是忧伤的饱和版 / 225
“失不再来”的狂欢 / 228
镜　子 / 232
一车花红 / 237
父亲的“阴谋” / 243
一双金丝的袜子 / 248
客串老师 / 251
露珠妆 / 254
俗人的春天 / 257

土馒头 / 261
一棵进城的树 / 265
洗　澡 / 269
行走在城里的庄稼 / 275

第一辑

人生至味在少年

下酒菜

原木制的简单的大门是敞着的，远远地有人进来，即使不抬头看，也能凭脚步声判断出是谁。

这是个很小的村子，男女老少加起来也不过二百口人，整天你来我往，早就在小小世界里互相熟悉了彼此的音容笑貌。就连我，这个形式上的外来者，也能在天长日久的寄养生活中，无意识地熟记了每一个人的特征。

那一拖一拖的沉重脚步声，伴随着烟叶燃烧的独特气息，有时是城姥爷，有时是哪吒姥爷。后者比前者的脚步稍轻快些，因为哪吒姥爷的个子要小些，胡子头发眉毛全白了，像童话故事里的老仙翁；而城姥爷要年轻个十岁，所以短短的头发是花白的，身材也更壮实。

我最好奇的是哪吒姥爷的名字，那时年龄小，到底想象能力丰富些。虽然电视不怎么看（因为舅家穷，买不起），却早已读过《西游记》的图画书和大部头，书里那个脚踩风火轮手拿乾坤圈的可爱孩子，下凡人间几十年，最后就长成了这样一个仙风道骨的老头了吗？不过，显然哪吒姥爷并没有书里哪吒三太子的高强本领，不然不会养了七八个儿女，一家都过着很穷的日子，穿的衣服上打着补丁，和村里其他人家没什么两样，甚至还更穷些。难道是下凡历劫的？

但想归想猜归猜，心理活动是不会被谴责的，要想问明缘由，是不敢的。长幼有序，不光不能问长辈的名字是怎么来的，就连喊都不能喊，会被视为不敬。

所以，我暗自好奇着。

无论是哪个姥爷，他们都抽着老烟袋，烟叶在烟锅里无声地熰[1]着，烟袋柄上垂吊着一个长约十五厘米，宽约五厘米的看不出是灰还是黑的烟包。

记忆里的场景，应该总是深秋或冬天，他们一定是披着褂子或棉袄，边走边招呼着，叫“老朱姐”[2] 给打二两辣酒。

我们那里，白酒不叫白酒，而是用它的味道命名，称为“辣酒”。在我五年的小学生涯中的后两年里，舅舅家搬到了路沿上的新家，从此就开了商店，除了日用百货，还卖散酒。那酒装在一个黑色的大肚子瓷坛里，一毛钱一两。瓷坛边放着两个端子，一个一两端，一个二两端。

“端子”，是酒的量器。当然，其他的各种液体都可以用端子量。端子的长相就是一根垂直而细长的棍，末端设计着一个杯子一样的塑料量器。我最爱那一两端，因为极其小巧，而那小杯又是半透明的，像是具有了某种朦胧羞涩的美。

城姥爷和哪吒姥爷是兄弟，但二人从未同时出现过。虽然他们别管谁来都要二两辣酒，但还是有着极大的不同。城

---

① 熰：永城方言，指没有明火的燃烧。

② 老朱姐：永城方言，女人出嫁后，在夫家被以本姓称为“某姊姐”；在娘家，则被以夫姓称呼为“老某”。比如一位姓张的女子，嫁给了姓王的丈夫，则在娘家被称为“老王”，在婆家则被称为“张姊姐”，有的乡镇也叫作“张大姐”。文中“老朱姐”是我的姥姥，因为住在娘家，娘家人便以夫姓称呼。如此叫法，仅限于长辈和平辈，晚辈若这样叫，则被视为不敬。

姥爷喜欢直接用二两端，一次盛足了，倒在一个小碗里，慢慢品，一口酒，一口菜。而哪吒姥爷喜欢一两端，非要分两次打酒，两次喝完。

共同的，却也是五花八门的，是他们的下酒菜。

他们来时，常常正在饭点上，全家人正围坐桌边吃饭。舅舅或姥娘[1]把酒从坛子里舀出来，倒在随手拿来的碗里，就势指着桌上的土豆丝、韭菜鸡蛋或青椒肉丝或素炒芹菜，说“就就”吧，别嫌弃。

“就就”，不知是不是也属豫东特有的方言。我们说吃菜不叫吃菜，叫“就菜”。吃馒头等主食，一般是要“就菜”的。喝酒，如果没有东西可“就”，感觉是极不像话的。所以我的姥娘或舅舅，就让着[2]两位姥爷之一不要嫌弃家常便饭，凑合地用这菜“就就”。

无论是城姥爷还是哪吒姥爷，闻听此言，都毫不嫌弃，就像在自己家一样，接过筷子，夹起盘里的菜就着酒喝下去。

有时饭都快吃完了，菜只剩个底了，他们也一样会照单全收。

也有时候，姥爷们来得太晚了，我们恰都吃完饭收拾好碗筷，他们也不会觉得怎么样，就手用筷子从一旁放着的大大的黑色酱盆里戳起一大疙瘩辣酱，就酒喝得啧啧有声。

那酱，是姥娘亲手做的。我们那里不流行甜面酱，我们的酱是用来就馍吃的最简单、方便、朴素的家常菜，是用极

---

① 姥娘：永城方言，姥姥。

② 让：永城方言，读三声，指拿着自己的东西如食物、烟酒等，热情地劝别人不要客气、尽情享用。

辣的望天猴秦椒[1]磨成的粉掺在面粉里制作而成的。把掺了秦椒粉的面粉烙成馍，做熟了，捂在盆里，待其充分发酵长出毛来，渐渐变成稀糊糊，天天在大日头底下晒，一天天变成深红色，最后变成近乎黑的酱色。

这酱，平时是用来在极饿，饭却恰没做好时，耐不住的大人孩子掰块馍抹上一点蘸着吃的，即便是这样的馍和酱的比例，还是会辣得吃的人“呲哈呲哈”的。可是城姥爷和哪吒姥爷，在那么空口喝着辣酒再大大就一筷子辣酱的时候，竟然面不改色，像是极享受。

姥爷们喝完酒吃完酱拉完呱[2]，付了两毛钱或是大手一挥说先记上账，转身哼着歌捏着老烟袋一晃晃离开，那拖拉而来的脚步声又拖拉而去了。

在我的认知里，下酒菜，是极具仪式感、极丰盛的席面。我见识过的，就是家里来客人，父亲陪客人喝酒，母亲做菜。先调上四个、六个或九个凉菜，有荤有素。一旦桌上摆了四个盘子，父亲就会招呼客人上桌，开始喝酒划拳，让个不停，双方都致力于让对方多喝，争得面红耳赤，以至于我成年以前一度以为酒场就是战场。

一旦客人喝得脸红脖子粗，坚决表示不喝了，要求吃馍，父亲苦劝不动，就会向锅屋[3]里喊一声：“端热菜，上馍！”母亲则边答应边端上去蘑菇炒肉片，我端着馍筐跟在

---

① 秦椒：永城方言，辣椒。

② 拉呱：永城方言，指聊天、唠嗑、叙家常、摆龙门阵。

③ 锅屋：永城方言，指厨房。

母亲身后。

由此，两位姥爷的下酒菜，在我看来实在简陋到不可思议。

记得有一次，周末在家向父亲说起这件事，我说酒是辣的，酱也是辣的，城姥爷怎么就能这么辣就辣地喝下去呢？

父亲说，对于好酒的人，别说是有酱，就是一根葱也可以下酒。

当时妈妈也在，她说岂止是一根葱呢，她的三姨父，一根鱼刺就着，硬是喝了三天的酒。

妈妈的三姨父，就是出了名的好酒。过去的日子很穷，哪里有什么像样的下酒菜？可能是某天来了重要客人，家里做了罕见的鱼。三姨父送完客人回来，已是晕晕乎乎，却见吃光了的鱼竟然连刺也被三姨给扔了，顿时火冒三丈。要知道，常年见不到荤腥的岁月，偶然铺张一次，三姨父对这鱼刺可有长远打算呢。

三姨父四处搜寻，竟然在桌子上发现了一根幸存的大鱼刺。这根鱼刺，就成了三姨父的宝贝。接下来三天，三姨父每天晚上都要小酌，就着这根鱼刺，像是在品一条三尺长的美味大鱼似的……

这件事，成为妈妈她们家族的传奇。一旦有谁装样子嫌弃下酒菜时，它就会被从岁月深处翻出来。你看看，他三姨父一根鱼刺都能做三天的下酒菜，你现在还挑三拣四！

三姨父的绝世下酒菜，道出了多少嗜酒之人的心声哪。

好酒者，以酒为天。有菜属锦上添花，无菜，空气都是色香味俱全的！

会拥抱的菜

母亲在锅屋里案板前忙活。她把大葱变成一堆翡翠般绿白相间的葱花；把尖的青秦椒变成细长细长的丝；把磕在碗里的鸡蛋打散，直到看不出蛋清和蛋黄的分界线，面上浮着晶莹密集的金黄泡泡……这金黄，曾无数次开启我童年的美好想象。

父亲在烧锅。锅是地锅、砖头和泥垒成的锅架；柴是柴草，可以是任何庄稼收获之后留下的秸秆，大秫秫秸、小秫秫秸、麦秸、棉秆……土地多么神奇，一粒粒种子播下去，一茬茬庄稼茁壮成长，千年万年，没见那土有减少，没见那阳光雨露变稀薄，却养活了一代代人。

母亲右手拿起菜籽油瓶，在锅前扬起手，瓶口一低，那清亮的菜油就流了下来，落进热锅里，瞬间“吱吱啦啦”响起来。她无比迅速地左手把葱花撒进锅里，右手用锅铲炒两下，葱花随之翻几下身，就势把秦椒倒进锅里，油和蔬菜的亲吻使那声响更为热情起来。

母亲的动作那般敏捷，手持锅铲飞快地翻炒锅里的一白二青，葱香爆出来，椒香爆出来，一时间，那沁鼻的香，那呛人的辣就蹿到每一个人的七窍之中，屋子里都装不下了，还要跑到外面去，让左邻右舍都品尝一下这热烈的香辣。

这样的翻炒只需很短的时间，大概一分钟，或是更短。要赶在秦椒将熟未熟之时铺上那碗打散的鸡蛋。时间太短，秦椒刚入锅和油亲个嘴，生气未除；时间过长，则秦椒已经熟过，变得绵软，少了脆爽。口感的恰到好处，全在母亲那双操劳了半辈子的手，仅凭经验拿捏的分寸，写在菜谱上只能是“片刻”或“翻炒若干下”。

没人能将这火候、这油温精确到可以书面化，父亲和母亲的配合就在岁月的流逝中一天天形成了固定的模式。无须一言，自成体系，恰到好处。

别忙，在鸡蛋下锅之前，母亲会挖一勺盐，均匀迅速地撒进锅，配合以右手翻炒最后的两下。

最重要的时刻到来了。母亲在最后那个翻炒动作之后，顺手就把锅里的秦椒整成了均匀的圆形。只见她端起碗，沿着菜的轮廓，把鸡蛋从外至内均匀倒入。

如果你不怕呛，可以在近前看到那圆圆的一片翠绿，极其艺术化地被亮黄的生鸡蛋给盖上了，像是盖头，又像是被子。

你同样不知道的是，那鸡蛋从碗里倾倒出来，为什么就听了母亲的话，严严实实地把秦椒给捂住，哪里都不多，哪里都不少，分配公平合理，没有哪片秦椒会跳起来指责母亲偏心。

父亲虽然一直埋头烧锅，却也能准确地在不同的时间提供最合适的火候。

鸡蛋一入油锅，边缘立刻起了金黄的边，随着火势变小，母亲会深呼吸一下，到此时，方能让她从容地等上几秒，看着锅里从外到内的鸡蛋颜色在变，那是从生到熟的变化，是物理的也是化学的。

但母亲不懂物理化学，她只知道，当最中间那个圆心里的鸡蛋即将告别液态时，就是最佳的翻面时机了。她会小心翼翼地把锅铲从鸡蛋青椒饼的边缘探下去，抄起，翻面。这时你会看到，翻过来的一面已是金黄微焦，秦椒的青色若隐若现。再等个几秒，再翻过来，另一面也是这番景象了。不知何时，父亲已灭了火。母亲最后的程序，是在余火的温度下操作的。

当然，这个过程也是极短的，母亲早就备好了白底蓝花的瓷盘，三下两下就把菜盛进盘里。喊道："某某，快来把'鸡蛋抱秦椒'端过去!"

这里的"某某"，是指我们兄妹三人之一。一般来说，跑得最快的一定是我。餐桌前等待的我们，早就垂涎欲滴了。

这道菜叫"鸡蛋抱秦椒"，多么温柔深情的菜名，同样也描绘了它的做法。

天南海北，大概都有辣椒炒鸡蛋这道菜，但似乎没有哪里的辣椒炒鸡蛋，在做法上是用"抱"的。大多是先炒鸡蛋，再炒辣椒，再把炒好的鸡蛋和辣椒倒在一起翻炒几下。只有我家乡河南永城的鸡蛋和秦椒，通过"拥抱"的方式，诞生一道多情的农家菜品。当然，在我的老家，会拥抱的菜还有很多。鸡蛋不仅能抱秦椒，也能抱蒜薹、抱蒜苗、抱豆角、抱韭菜，凡是不易出水的蔬菜，它都能热情拥抱。

人在异乡，我常常以母亲传授的方式，让鸡蛋拥抱秦椒、蒜薹、韭菜等，借此不断重温妈妈的味道。

鹅子汤

傍黑。

我和杨娟依旧在家门口的沟边玩。在二十世纪八九十年代的豫东农村，孩子是被忽略的存在。大人们都在忙于生计，孩子一会跑就在村里到处探险，把每一处墙角旮旯都摸清，犹如一个个活地图。而杨娟是和我同岁的玩伴，几乎天天在一起游荡。

这一天，我们俩已经在村子里晃荡了大半天，天色渐渐暗了下来，我们来到了我家附近的沟里，研究蚯蚓和小草。

那时，农村的路两边，大多是一人深的沟，平日里没水，里面长满了各种野草，也成为我们玩耍的天堂。东西南北交叉的路，形成了东西南北通连的沟，从一条沟到另一条沟，从南北沟到东西沟，小孩子的眼睛总能看到不一样的风景。路和路相交的位置，连通的往往是水泥管道，瘦小的我们从这头爬到那头，笑着叫着闹着，倾听并不长的管道中异样的回声，也是一种乐趣。

只不过，我们不说“爬”，而说“拱”，可能是因为管道太短的缘故，不过两三米三四米，弯下腰，能看到对面延伸的沟。

“你先拱！”

“你先拱！”

“好，我先拱！”

就这样，一个个首尾相接，争相拱到对面去。

当然，从上面的路上走，更方便，也不费什么事。可我们就想从底下过，就想拱管道，反正此时的我们尚且不必关心洗衣服这种事，拱出一身泥来也不怕。印象中，似乎也没有因为弄脏衣服挨过吵①。

“你先拱！”这次，我们依旧如此谦让。

我先拱过去了。

我看到沟靠近路的一边，一棵树的根部，有一团不明物体。

“咦，这是啥？”我凑近去，看到挤成一团的一堆灰乎乎圆溜溜光滑滑的小脑袋，中间的大，四周的小。

杨娟也凑过来，和我一起研究。

“这是鹅子！”她肯定地说。

“鹅子是啥？”我一脸迷惑。

“鹅子就是鹅子，能吃！”她断定。

我一听能吃，就马上伸手，想摘一颗来吃。杨娟一把拉住了我的手：“生的不能吃！”

然后，她小心翼翼地沿着周边，把整墩鹅子给挖了出来，一掰两半，我俩一人一半，约定先送回家，再出来一起继续玩。

我恋心②着玩，便一路小跑回到家。此时父母下地还没回来，我见锅屋门口的墙边半倚着一个瓷盆，盆里有一点

---

① 挨过吵：永城方言，指挨过骂。

② 恋心：豫东方言，记挂着的意思。

水，就势把鹅子放在盆里，转身就又跑出去找杨娟了。

就这么一会的工夫，天已经全黑下来了。可我们不怕黑。自己从小玩到大的村子，每一寸土地每一株草都熟悉，有啥可怕的？

所以，我们的玩，是没日没夜的。即使在晚上“藏蒙”①也不怕。有的孩子会钻到麦穰垛里，一直没被找着，就睡着了。他们传说，麦穰垛里可暖和了……

一般情况下，我们都是在各自母亲的呼唤声中回家吃饭的，这一天也不例外，杨娟听到了她妈妈的呼唤，就走了。我一个人孤零零地怪没意思，也只好回家了。

当我踏进家门，听到母亲在锅屋里忙碌的声音，看到锅屋门口透出的昏黄灯光，心里便有了着落。

我忙去找那个瓷盆。却发现瓷盆是空的。

“你找啥？”妈妈见状，问我。

我想不起来了，愣愣地站在门口，描述着下午和杨娟一起发现的那墩挤在一起的灰乎乎的小脑袋。

妈妈笑了：“赶紧去喝你的鹅子汤！我给你盛好了，搁堂屋饭桌上呢。”

母亲这么一说，我想起来了，我要找的是鹅子！

我跑到堂屋里，看到绿色小饭桌上，放着一碗热气腾腾的鹅子汤，香味随着热气散发出来，鲜美得不得了，用母亲的话来说，叫“香得打鼻”。

我坐在饭桌前，闻着这“香得打鼻”的鹅子汤，一时回不过神来。我找到的一团不明物体，就这样变成了一碗鲜美

---

① 藏蒙：豫东方言，一种游戏，类似于今天的“藏猫猫”。

的鹅子汤了吗？

那碗鹅子汤，是我喝过的世界上最美味的鹅子汤，之前是，现在是，永远都是。

后来，当人工养殖业发展起来后，我们吃到了平菇、香菇、金针菇，我才知道，当初我和杨娟发现的鹅子，其实就是野生的蘑菇。

回到那个夜晚，我边喝鹅子汤，边绘声绘色地给妈妈讲我发现鹅子的经过。母亲微笑着，听着。等我讲完，她说，她下地回来，要洗手，发现瓷盆里竟然有一墩鹅子，便想着给闺女做碗鹅子汤……

“我说，俺闺女还怪精嘞，还知道给鹅子加上水！”妈妈满脸的骄傲。

看到这份骄傲，我不忍心告诉母亲，不是我精，而是盆里原本就有水，我不过是匆忙中把鹅子随手放在了水里……

至今，我也没忍心告诉母亲我一点也不精这个残酷的事实。

想必母亲早就在我的成长过程中意识到了真相，她这个闺女，不光不精，还憨得不轻。

呼噜汤

那一年，那一天，面对满满两大盆的面水，我和姐姐都慌了。

因为，本来，我们要的是面筋。为此，姐姐和了一个大面团，还想当然地让这个大面团醒了醒。然后，才按预想中的步骤，盛一大黄盆[1]水，在这黄盆里“搦（nuò）”[2]面筋。

这个馊主意，是我提出来的。

当时正值暑假，父母和哥哥都去赶会了，上初中的我和上高中的姐姐留守在家。

正看着电视，竟然停电了。酷热难耐的夏天，我们该干点什么呢？

这时，我想起了很久以前，在我很小的时候，曾吃到过奶奶做的“呼噜汤”，而让这款汤惊艳的，便是面筋。

记忆中，奶奶站在案板前，左手按着硕大的黄盆边缘以维持平衡、稳固黄盆的地位，右手不断摔打着一块面。这块可怜的面在奶奶的摔打之下不断地变形，与黄盆侧面或底部碰撞时发出极响的“啪啪”声，那一定是面疼得叽哇乱叫。

老人们一直相信，面筋，就是在这不断的暴力摔打中被

---

① 黄盆：永城方言，一种烧制的陶盆，釉呈黄褐色，是农村家庭用于和面的器皿。

② 搦：永城方言，用手反复抓、挤压，读三声。

迫形成的。

后来，筋疲力尽的奶奶向黄盆里舀进大半盆水，开始在水中搦那块早已被她摔打得没脾气的面团。

那是漫长的重复性劳动。面团在奶奶的双手运动中变小，黄盆里的水迅速变成面水。再换一盆水，重复双手运动，黄盆里的水再变成面水……就这样不断地换水，直到无论面团如何挤压，黄盆里的水依旧清澈为止。

最后，奶奶心满意足地把一块大概不足原面团体积十分之一的面筋放进碗里，注入清水。

爷爷在烧锅。热油炝番茄，按从清到浊的顺序依次不断加入刚刚搦面筋的水，烧滚后陆续加入海带丝、粉条、木耳或任何你喜欢的菜。之后，面筋就出场了。

奶奶双手扯住面筋的一边，让另一边接近滚水，不断地前后摇摆，成团的面筋就一点点被滚水扯进锅里，变成了一条条面筋"鱼"。等到全部的面筋鱼都游进锅里，奶奶便手疾眼快扩①好了一碗鸡蛋。左手执碗，右手执筷，倾斜碗沿，让鸡蛋液一点点均匀地洒在锅里，迅速地浮起金黄的蛋絮。

锅底的火熄了。

在盛碗之前，奶奶很小心地打开油乎乎的香油瓶，动作流畅又迅疾地向锅里滴一圈香油，并在收起油瓶时更为迅疾地舔一下瓶口，以避免浪费。

下了面筋的呼噜汤是咸的，香气四溢，我早就等不及了。

那是我平生第一次吃到面筋，味蕾的审美迅速盲目地下

---

① 扩：永城方言，将鸡蛋磕进碗里打散，是为"扩"鸡蛋。

了结论：这是天下最好吃的东西，比肉还好吃！

可惜，自那之后，我有大概十年都没再吃到面筋。父母忙着生意，不可能做程序如此复杂、耗费时间的食物。也因此，面筋在我的向往与渴望中变得更加美味。

于是，这个停了电的盛夏，大人不在家，小孩胡当家。我向姐姐提出，要不咱做呼噜汤吧。姐姐从小就承担起家里的做饭大任，饺子面条馒头稀饭样样不在话下，唯有面筋，她一次也没做过。

但她听说，面筋，不用像奶奶当年那样拼命摔打面团，只要和好面，醒醒，在水里用手不停地搦，自然就产生了。

说干就干。

对姐姐来说，和面是轻车熟路的。为了能满足我大吃一顿面筋的愿望，她按我所描述的面团面筋产出比例，很快就和好了一个超级大面团。

就像蒸馍时一样，姐姐让面团醒了醒，就开始在水里搦面筋了。

程序，就在这时出了岔子。

按奶奶当年的手法，应该是搦着搦着，面团变小，同时变得筋道。虽然越来越小，最终一定会留下一块无论怎么搦也不会变得更小的面筋才对。可是，在姐姐的手中，面团越来越小，越来越小，最后，没了……

没错，没了。我们收获了满满一大黄盆、一大青盆的面水，却没有收获哪怕指甲盖那么大小的面筋。

面对这两盆面水，我和姐姐都傻眼了。

这是什么个情况？

说好的面筋呢？

中午，等父母回来，我们该怎么向他们解释这巨大的两盆面水？

姐姐仔细地回想整个过程，猜测着到底哪里不对。为了掩盖这个错误，我们商量之后，一致决定，再来一次！

我们就不信了，就凭俺俩的聪明才智胆大包天，还能搦不出面筋来！

这次，姐姐和了一个更大的面团，揉的时间更长，醒的时间也更长了。接下来，我们把所有能用的盆都用上了，姐姐耐心又神圣地搦着那个由大到小的面团，并且凭手感一步步愈加断定，这次，一定能成功搦出面筋来。

就这样，换了多次水后，大洋铁碗的清水里，静静躺着一块面筋。我终于近距离认识了手工面筋，颜色不如面那么白，周身遍布大小的孔。

接下来，我们开始在院子里摘番茄、洗海带、泡木耳、捡虾皮、采苋菜……

而洗面筋的水，里面有着丰富的淀粉，直接用来做汤。但因为第一次洗面筋的失败，导致我们收获了过多洗面筋的水，虽然我们做了满满一大锅的呼噜汤，最后还是剩下了一大黄盆的面水。怕被发现，我们把这个装满面水的黄盆藏在了菜橱里，整整占据了一层。

终于赶在父母和哥哥回家之前做好了热气腾腾的呼噜汤。爸爸妈妈和哥哥都很惊喜，这顿呼噜汤喝得全家人额头冒汗。当然，也可能是停电的缘故，风扇开不成了。

晚上烧汤时，节俭的姐姐从菜橱里端出了那一大黄盆面水准备烧稀饭用，母亲很疑惑："搦面筋的水中午没用完？咋还剩这么多？中午的呼噜汤也不稀呀……"

这时，我和姐姐才承认，在做呼噜汤的重要原材料时，曾“流产”了一次……妈妈听了，不仅没有骂我们，还哈哈大笑：“怪会过[1]嘞，还不舍得把面水扳[2]喽！”

母亲是在夸我们，并没有为了消灭罪证而浪费粮食。

从此，亲身实践了面筋的产生并不需要烦琐费时的摔打程序之后，呼噜汤成为我家夏天最常见的咸汤。每到暑假，满院子的野生苋菜都会被我采到秃。

“为啥叫呼噜汤？”有一天，正津津有味喝着呼噜汤的我问父亲。

“你听听！”他说。

果然，我听到了全家人喝汤时“呼噜呼噜”的声音。

---

① 会过：永城方言，节俭。

② 扳：永城方言，倒，扔。

一只鹅的身后事

二十世纪八九十年代的豫东农村，家里的鸡鸭鹅若因病去世，主人是不舍得扔的，往往采用高温烹饪的方式消毒，然后怀着丧禽之痛大快朵颐，也没听说过谁吃了病禽食物中毒的事。

由此可见，高温，确实是能消毒的。

有一年麦收时节，赶上一波家禽疫病，家里的鸡鸭鹅们争先恐后赴死，每隔几天就能吃一次肉。

有一天，家里的大白鹅死了，因忙于收麦，父母根本来不及伤心，就赶紧烧水煺毛放锅里，叮嘱我看着火，他们就又下地了。

我虽然才五六岁，却是个很敬业的小孩。既然让我看着火，我就兢兢业业地看着。虽然没耽误和小伙伴们玩，却是把他们都叫到院子里玩，谁出院子就不跟谁玩了。

玩一会儿，我就会回到锅屋里，看看锅底的柴燃尽了没有，不时添点劈柴。父母交代的活儿，我不敢懈怠，万万不能让火熄灭了。

就这样，父母在地里一直干活干到天黑，我在家里一直玩到天黑，也给锅底添柴添到天黑。

后来，小伙伴们一个个都回家吃饭了，我的父母也终于从地里回来了。

本已筋疲力尽的父母，一进门就觉察出了不对，忙奔向锅屋。

我不明白哪里出了错，心怀忐忑跟过去。我可一直记着添柴呢，一定不是我的错！

父亲仓促地把锅底的劈柴抽出来捅进灰里灭火，母亲喊着："我滴个天爷来——"掀起了锅盖。

接着，累了一天的父母竟然无比精神，互相埋怨起来。

我不清楚到底发生了什么，后来隐约听出来，是火烧的时间太长了，把半锅大鹅肉炸成了油，肉则在油里又被炸成了小黑块……

父亲怪母亲没给我说清楚，母亲怪父亲为什么不早说，从头到尾，竟然没有一个人记得骂我。

也是，我那时候哪知道添多少柴能炖熟一锅大鹅？我只知道要牢记父母的嘱托，不要忘了添柴，结果一直添一直添，就把炖大鹅缩水成了炸鹅块……

争吵是没有意义的。

最后，妈妈把鹅块盛出来，统共也没有多少了，倒是刮出来大半碗油。

但我吃鹅肉时，觉得出奇地好吃，比原来清炖的鸡鸭肉都香。

到底是因为鹅肉天然就比鸡鸭肉更香，还是因为鹅肉被自己的油给炸香了？

声嘶力竭的草莓

阳光和煦，应是春末夏初的时节，天气已经显热了。

苘村会上，路两旁是摆着各种各样的摊位，有蔬菜有水果有小吃摊有活鸡活鱼有牛羊。飞扬的尘土，嘈杂的人声，四婶带我穿过气味复杂的人流，不知看过了多少鞋子多少脚多少黑白花的裤腿，总算来到人相对较少的铁市。

我家的摊位设在路北，一辆架子车，上下周围都摆满了各种长度、粗细不一的钢筋，有家里要盖房子的顾客在讨价还价。无论主客，都是一身灰蓝不辨的朴素衣服，都是满脸的尘土气息。

在我四五岁的眼睛里，一切陌生又新鲜，这热闹，这喧嚣，这杂乱的脚步，这各色的生意，都透着生活的愁与乐，生计的艰与辛。

妈妈这一天一定是出于无奈，只好把无人看管的我带到了会上。而我是惊喜的，能够跟着父母一起赶会是盼望已久的事情，头天晚上我就激动得睡不着了。凌晨三四点母亲就喊醒我，将我挪到架子车一堆钢筋之上简单铺就的被窝里。一家人赶在公鸡报晓之前出发，才有可能占到位置最佳的摊位。

在会上，我显然又是孤独落寞的，除了捣乱，基本上产生不了作用。中途四婶主动请缨带我去买猪肉，顺便带我长了一番见识。

这见识没有讲解，只能自己看、听，并猜测和感悟。比如我第一次发现“行人”这个独特的职业。牛市里一定有牛“行人”，负责帮人看牛的牙口。其他市里也有各市的“行人”，帮大家断公道或称斤两，所有人都信他，“行人”就代表着公平。

这条叫作“会”的街道，从西头到东头，自动地分成一段一段，从蔬菜市到鸡鸭鹅肉市到服装布匹市到牛羊市再到铁市，一段段经过。每买一样东西都是先问价再砍价，四婶的还价能力很强，我边听边心下赞叹，希望自己以后也能有如此自信的口才。

无论是卖家还是买家，都有着流利的语言表达能力，间或冒出一两句极其朴素的俏皮话来，还能制造笑声。

集市，真是生活的大杂烩。生意，就在嬉笑怒骂中成交或黄了。

走上一遭回来，已经做了几单生意的母亲看到我就笑了，用手指指架子车边上的小木凳子：“去吃吧，某某给你买了两斤草莓。”

我的眼睛一定放着光，那叶子绿得滴翠、果实红得耀眼的水果，我不光从没吃过，更没见过，就连它的名字也是第一次听说。那是多么美丽的草莓呀，个个都红彤彤的，饱满多汁，酸酸甜甜，看起来就那么诱人。

我是个乖孩子，是个矜持的女孩，所以我并没有马上扑过去吃，而是羞涩地慢慢地走过去，拿起一个让妈妈，让爸爸，让四婶，让爷爷奶奶……

钢材是我们的家族产业，五叔六叔尚小，爷爷、我爸和大叔、四叔各家的摊位都是出在一起的。我这一让，就拿着一颗草莓赚遍了全家大人的人情。所有大人一致拒绝，然后再夸一遍我懂事。

这时，我方心安理得坐下来，开始大快朵颐。耳边响着妈妈的叮嘱：“别吃完啊，给你六叔留一些。”

六叔是我最小的叔叔，和姐姐同岁，此时不过十一二岁。照这情形看，这一天，六叔应该也会来赶会，只是会到得晚一些。

我答应着，继续享受美味的草莓。

按理说，二斤，这个重量，对于一个小孩子来说，是很多的。我那小小的胃，怎么可能装得下二斤草莓呢？所以，妈妈不担心我会吃完，那给六叔留些的指令一定会得到执行。

我吃呀吃呀，草莓真好吃，根本停不下来。

父母一单单做着生意，南来北往的顾客操着各种口音讨价还价，最后总是卖家嫌价格压得太低，不得已亏本成交，买家得意扬扬付款拿货，得胜般满意地离开。现在想来，父母不知施了什么魔法，竟然能让客户觉得自己占了大便宜，这也是一种做生意的诀窍吧？

就在这种观战中，时间一分一秒过去，草莓竟被我不知不觉间吃下了大半。我还记着妈妈的嘱托，于是告诉自己，剩下的给六叔留着，不能再吃了。

可是六叔迟迟不来，那草莓好像总在那里喊我去吃。实在忍不住了，我又吃了一颗。

妈妈终于抽空注意到我手中的草莓，笑了，说：“你可别一时忍不住，给吃光了啊。”

后来，我又告诉自己，至少要给六叔留十颗。于是，十颗之外的那几颗，就被我极为珍惜地慢慢吃掉了。

可是六叔还没来。

我守着剩下的十颗草莓，都是我精挑细选出的最大个、最漂亮的，我要把最好的留给六叔。可是我那磨叽的六叔，不知被什么事情绊住了脚，怎么还不来呢？

在焦急的等待中，我又给十颗草莓按照大小排了个队，然后把最小的那颗给吃了。

六叔六叔你快点来吧，不然我会忍不住的。可是我那没口福的六叔，根本不知道他的侄女正在一点点吃掉本属于他的草莓，还是没有来。

没错，我在难耐的漫长等待中又吃了一颗。

我不断地给自己设定更低的底线，给六叔留八颗吧，八颗最大的。

给六叔留七颗吧，七颗最饱满的。

给六叔留六颗吧，六颗最鲜艳的。

给六叔留五颗吧，五颗最诱人的……

世上最漫长的，大概就是等待了，尤其是守着世间最美味的草莓等待。

我就这样给剩下的几颗草莓排队、选美，把稍微有一点瑕疵的在忍受不住的情形下消灭掉，再审核余下的更少的几颗……

我的六叔不知道去干什么了，就这么不守时，一直不来，不来……

终于，只剩下一颗最大最红最饱满的草莓了。这是我淘汰了二斤草莓中的其他所有，选出的冠军。它是那么完美，无论是长相还是重量还是身材，都无懈可击。我要把这颗绝世无双的草莓留给我姗姗来迟的六叔。

妈妈一直在关注我消灭草莓的过程，一再地善意提醒我，不要忘了给六叔留，万万不能吃完。奶奶则大气地说："不给他留，大让小大让小，他还能跟你争？你爱吃就吃完吧。"同时，大人们都发现了我一连串动作中暴露出的心理斗争，所以都偷偷观察我，不时窃笑。我为六叔留草莓的行动，成了全家人这一天和以后几十年间的笑料。他们都在留意着，看这最后一颗草莓，能不能留给六叔。

时间一分一秒地过去，太阳都西斜了，六叔还是没有来。在那个没有电话没有手机，等待只能在茫然中进行的年代，我们对六叔的行踪除了等待，没有其他可以获知的途径。

我守着那颗最后的草莓，心内急切地呼唤着六叔。同时，这颗草莓可能是生六叔的气了，嫌他太慢，所以它在那里也呼唤着我。它已经等不及要被吃掉了，与其等待一个不守时的傻小子来消灭自己，它还是觉得被面前这个漂亮聪明可爱的小女孩吃掉比较好。

我的肚子里有它的几十个同伴，它想要跑进去和同伴相会。我似乎听见肚子里的草莓们在声嘶力竭地喊这颗外面的草莓："快来快来呀，我们都在等你呢。"而外面的这颗则在乞求："快点吃掉我吧，我要和我的伙伴们在一起！"而且，它看起来那么漂亮，那么好吃，既然我的六叔到现在还不来，他也许不会来了……

和你想的一样，我还是没能战胜肚子里的馋虫，吃下了最后一颗草莓。其实它一下肚，我就后悔了。这下怎么办呢？六叔一会来了，发现我一颗草莓也没给他留，该多失望啊。

爸爸妈妈在一边带着善意的笑说：“你还是把最后一颗草莓也留到自己肚子里了吧?”

最恐怖的是，天快黑了，要收摊了，六叔竟然笑眯眯地出现了。我心虚地坐在那里，装作没有看见他，虽然他根本不知道世界上有草莓这回事，更不知道我把属于他的那份草莓早吃光了。

大人们把我给六叔留草莓的事当作笑话讲给六叔听，我更无地自容了。可是六叔好像并不在意，还是笑着。

随后的一切我都不记得了。直到如今，我还在怀疑，我那四五岁的小肚子，到底是如何装得下二斤草莓的?

冰　棒

“冰棒冰棒，五分钱一个；橘子的[1]白糖的，开水冷凉的……”

看到易姐在朋友圈说，小时候吃过的冰棍才几分钱一根，我的耳边，就响起了这遥远而又熟悉的吆喝声。

我小时候，也吃过五分钱一根的冰棍。只不过，我们不叫“冰棍”，叫“冰棒”。那个年代里我们不知道世界上还有一种高级的消暑甜品叫冰淇淋，冰棒就是夏天的最高期待了。

儿时，冰棒的出场就像《红楼梦》里八面玲珑的王熙凤，未见其人先闻其声——“冰棒冰棒，五分钱一个；橘子的白糖的，开水冷凉的……”这由远及近，由缥缈到实在的吆喝声，真乃古往今来最有特色最生动多姿的。

对于在酷暑之下汗流浃背的大人小孩来说，“冰棒”这一名词足以让听者两眼放光流出口水，大有望梅止渴的功效。在那个连电风扇都鲜见的年月，如果能在穿着裤头背心还会起痱子的三伏天吃上一根冰棒，该是多么幸福的享受啊。

“五分钱一个”，是冰棒的零售单价，如果批发肯定更优惠。我就曾和小伙伴们合着买过两毛钱五根的冰棒，这样一

① 的：永城方言，“de”一律读 dí。

个人可以省下一分钱来。没错，是“五分钱一个”，我们那时，量词的运用很简单，管什么都称“个”。

可不要觉得这冰棒太便宜，更不要小看一分钱。那时，舍不得吃冰棒的大有人在。如果是一家人，一般大人是不舍得吃的，只给孩子买。几个孩子拿着一根冰棒，一人一口地轮流舔，也是常见的既温馨又辛酸的情景。要知道，当时打一斤醋才五分钱，最常见的烟是一毛钱一包，猪肉两块钱一斤，我们老师一个月工资才七十多块钱……

对孩子来说，五分钱是一笔巨款了，吃冰棒则是个小奢侈。

“橘子的白糖的”，是在说冰棒的口味和原料。当然，这是在撒谎骗人。据大人们说，这些冰棒的各种水果口味，吃起来又香又甜又爽口，其实是因为加上了香精糖精，怎么可能用高级的橘子粉和白糖呢？这大概就是最初的广告效应了，广告嘛，都是夸大其词，没说包治百病就已经是够讲良心的了。

“开水冷凉的”这句最有意思，也算是极具人性关怀的谎言，意思是构成冰棒主要成分的水，是用的开水。把开水放凉，再冻成冰棒。

要知道，无论农村城市，无论过去现在，把水煮沸，都是家常消毒的主要方式。平日里，吃冰棒毕竟是一种近乎奢侈的解渴法，大部分时候，是母亲烧了开水放凉了，让我们用于解渴。卖冰棒的声明自己的冰棒用水是经过了高温消毒的，让买的人放心吃，保证无毒副作用。

据大人们说，冰棒用水，全是直接从压井里压出的生水。谁还有工夫把这些水烧开，再放凉？能用压井里的水就是有良心的厂家了，传说有的生产者是直接从河里坑里取水，做出的冰棒里还能吃到小鱼小虾蛤蟆蝌腾子①呢。所以这句广告语，就是一种善意的粉饰了。

没见过世面的我，不知道冰棒厂是如何把河里坑里或压井里的水变成长方体冰棒的，我所见识的，就是那各色人等驮在永久牌自行车后架上的一个方方正正的白色泡沫箱。那个白色的简易的保冷箱子，就是我等儿时关于冰棒的全部美好想象。

远远地听到那声独具一格的吆喝，我们会停下手中的一切，在家的时候是地里家里的活儿，在学校时是课间正在玩的游戏。这声吆喝是那样神奇，就像是一声令下，就像是集结号，听到的人无不翘首企盼，远远盯着那个晃晃悠悠的黑点，渐渐地变成晃晃悠悠的人车箱组合，及至到了眼前，那人会跳下车来，笑眯眯的。

当然，等不及的孩子，可能早就迎着跑了过去。流动的商家和客户，就这样偶遇且一见如故。卖冰棒的人揭开白色的箱盖，再揭开那已经被揭开无数次、变得不再纯白甚至在手捏的部位已是黑色的一条厚厚的棉被。由于我个子矮，就不知道下面还有什么了。大抵是冰棒本尊。因为只见那人揭开棉被之后，并没有再揭的动作，而是直接向外拿冰棒，按照大家的需求，一手交钱，一手交货。拿钱的和拿冰棒的都是开心的，每个人都得到了自己想要的。

---

① 蛤蟆蝌腾子：永城乡下，称青蛙为“蛤蟆”，发音为“hé máng”；小蝌蚪的发音为“hé máng ké teng zi”，应为“蛤蟆蝌蚪子”的转音。

如果是在学校门口，这箱冰棒很容易就售罄了，甚至有可能不够卖。那没钱买的孩子会自动地走远，以免尴尬和嘴馋。拿到冰棒的孩子，迫不及待地撕开薄薄的包装纸，一口一口地吮吸，生怕哪一滴会落到地上。

有时我们会发明新的更刺激的吃法，就是啃下一大块凉得炸牙的冰棒，迅速地大力地咬得半碎不碎，不等化成水，马上咽下去，只觉一股透心凉，顺着喉咙滑进肚子里，比一口一口地吸水来得过瘾多了！

有一天，儿子逗号忽然说："妈妈，你知道米小圈的理想是什么吗？他竟然想当一个卖冰淇淋的老太太。哈哈，他真傻，男人怎么能变成老太太呢？"接着又嘀咕道，"其实，我的理想和米小圈的差不多，我想当一个卖冰淇淋的帅哥。"

我笑了，但我不会告诉他，我曾经的理想也和他差不多。只不过，我想卖的是冰棒。因为，我的童年，没有冰淇淋。

如此严寒的冬天，初雪后的寒冷被暖气阻隔在外面。在这样的冰火两重天，想到那再也吃不到的冰棒，很是怀念。也许，我怀念的不是那五分钱一根的、"橘子的白糖的，开水冷凉的"、简易又隐藏着卫生风险的冰棒，而是那再也回不去的贫穷却生动的童年吧。

扁食不要样，来回捏三趟

二十世纪八九十年代的单杨庄，在食物的命名和制作上非常讲究。这讲究，体现在食物品种的精确细分上。

就拿饺子来说吧，单杨庄的饺子专指肉馅的，素饺子不叫饺子，而叫“扁食”。即使在扁食中，也有细分，比如韭菜的扁食，别名就叫“韭菜篓子”。

单杨庄当年的饺子和扁食，不仅是馅不同，皮也有大不同。

饺子的皮，是和一个大的面团，在案板上擀成薄薄的一张面饼，大小与放成品饺子的黍秕子①扎成的小拍子差不多。然后划成手掌宽窄的一条条，再把这一条条划切成菱形。将菱形的风薄②的饺子皮拎起来放在左手掌上，小勺挖上一疙瘩肉馅，错开对折，围着有馅的部位捏结实，再把两边对折，捏成一个窝。带馅的部分是圆鼓鼓的，下面垂着参差不齐的边，像是穿着裙子的白胖娃娃，可爱极了。这样的饺子，馅也瓷实，皮也柔软，口感极佳。

而扁食，则是把大的面团，分成几个馒头大小的面块，揉成光滑的小面团，以手从面团中心插进去，面团就变成了

---

① 黍秕子：永城方言，称高粱为小蜀黍，称高粱的秸秆为黍秕子。

② 风薄：永城方言，用来形容薄到极致。多么传神哪，还有比风更薄的东西吗？单杨庄的老百姓太有智慧啦！

车轮状，把这“车轮”用两手轮回着转着圈地挤压，就变成了自行车胎似的细长形。然后放在案板上，用刀切断，挨个地切成袋装棉花糖一样大小的面团。妈妈的手多灵巧，伸手抓一把干面，撒在一堆玲珑的小面团上，一个个按压成小小的面饼，放在擀杖下，那面饼就极其听话地转着圈，变成了圆圆的小饼。这张小饼，或圆或椭圆，拿来一张放在手掌上，加上馅，对折，沿边缘来回捏个三趟，一只月牙般的、秀气的扁食就包好了。

妈妈的姥娘说过：“圆皮包个长扁食，长皮包个圆扁食。”这里的“长皮”，其实就是指椭圆形的皮。

包扁食时，对新手来说，不问丑俊，捏结实最重要，所以又有“扁食不要样，来回捏三趟”的说法。儿时的我，对大人的话言听计从，每只扁食都规规矩矩来回捏三趟，确保不会在下锅后露馅。

偏偏我从小就最讨厌吃饺子，感觉好好的肉剁碎了包在面皮中下到锅里，水不溜溜①的没啥味道，还是煎炸烹炒来得美。

但我却独爱扁食中的“韭菜篓子”。妈妈把新割的带着露珠的韭菜择好、洗净、沥水，在案板上切成极碎的丁，只见妈妈左手按着韭菜，右手拿刀紧贴手指一刀刀起落得飞快，让我一直心惊肉跳地为妈妈的手指担心，那一把青翠碧绿的韭菜瞬间就变成了青白相间的一堆。

趁着韭菜沥水的时间，妈妈早已炒出了一盘金灿灿的鸡

---

① 水不溜溜：永城方言，指水分大。

蛋。那蛋是自家遍地找虫吃的梨花小草鸡下的，那油是自家地里种的菜籽榨的，那调料是母亲买来整的花椒八角小茴香，然后亲自在碓窝①里一点点舂出来的。

金黄的鸡蛋花撒在一白瓷盆绿莹莹的韭菜上，加入各种调料和香油，随着母亲手中筷子的搅动，逐渐黄绿相间，散发着鲜香、闪着光，让人恨不能抓一把塞进嘴里。

调好馅，就到了包扁食的环节了。

包扁食，一般是全家总动员的活动。一人负责擀皮，其他人围坐在桌边，每人手中一个勺，中间放着那盆美丽动人的馅。

在长年累月的生活里，擀皮的人，一般是妈妈。但在那几年，负责这一重任的，却是我。最初的阶段，每逢包扁食包饺子，为了防止我捣乱，妈妈会揪一个小面团给我，任我羡慕地模仿着大人的样子，用手中的小面团假装包饺子。这个可怜的小面团，在经历了小鸡、小鸭子、长条、圆球等各种稀奇古怪的形象之后，往往被揉搓成黑乎乎、脏兮兮、无法分辨的样子。天长日久，我不再满足于这样被边缘化的身份，强烈要求和其他家庭成员一样参与其中。慢慢地，妈妈终于战战兢兢地让我坐上了桌子。

在包扁食的各个环节中，我最喜欢的就是擀扁食皮。当然，小时候的我，不光喜欢擀扁食皮，还喜欢很多大人认为我根本干不了的事情。妈妈常说："不能干的时候，看啥都稀奇都想干。等到长大了能干了，就懒了，啥也不想干，光

① 碓窝：永城方言，指石臼，小型的用来捣蒜的叫蒜臼；大型的用于磨碎粮食、佐料的称为碓窝。配套的圆形带把的舂具叫碓头。

想偷懒。”妈妈说得很对。在孩子的眼里，什么都具有游戏的性质，把每一种劳动都当作是玩，爱玩则是人的天性。长大后，看清了这世界的无趣，即使是玩，也觉得像是一种负担了。

但我擀扁食皮，水平是绝对过关的。不记得是什么时候学会的，想必一定是母亲教我的。只记得一个场景：夏天，妈妈在过底的屋门处摆着一张案板，我坐在平时妈妈坐的位置，愉快地擀扁食皮，其余一家四口围在桌边包扁食。我擀的扁食皮很大，椭圆形，在他们手中变成一个个相对圆些的扁食。我擀的速度也很快，一个人擀的皮，足够全家人包。

当然，我只负责擀。和面、切面团之类的前戏还是妈妈的。在这边包边擀的过程中，母亲多次要求我把擀扁食皮的权力还给她，让我一边玩去，我坚决不从。如果母亲一定要夺权，我会委屈得大哭。

直到现在，父母提起我擀扁食皮上瘾的经历，还是要笑一番，一定要提到“不让擀就哭”这一糗事。

奇怪的是，那年月，老家并没有冬至吃饺子的习惯，直到哥哥上大学，才传达给我们冬至吃饺子的习俗。

更奇怪的是，不知哪天，我竟然爱上了饺子，不论肉的素的，只要馅调得够好，都很喜欢。但最爱的，依然是“韭菜篓子”。

等我也做了母亲，每当儿子提出吃饺子的要求，也会兴冲冲地买菜、调馅、擀皮，当作一件大事来抓。儿子在一旁添乱，像我小时候一样要给他一个小面团才能罢休。有时他玩一会，转到面前来，惊诧于扁食皮竟然能在妈妈的擀面杖下转圈，也像我小时候一样好奇。这擀扁食皮的功夫，还是来自母亲的传授，以及打小的勤学苦练哪！

刚刚过去的这个冬至，儿子一定要亲手包饺子，还说他要写进日记里。在教他包的时候，我竟然完全变成了当年母亲的样子，也不自觉地说出了那句多年前的俗语：“扁食不要样，来回捏三趟。”

送粥米

在读了十多遍《红楼梦》之后，我一度疑惑，觉得那里面的男男女女，都极可能是永城人。只因其中，有太多的永城方言。比如“送粥米”。

第六十一回“投鼠忌器宝玉瞒赃，判冤决狱平儿行权”中，迎春房里的大丫头司棋派小丫头莲花儿到厨房，吩咐柳家的给蒸一碗嫩嫩的鸡蛋。柳家的拒绝道：“就是这一样儿尊贵。不知怎么，今年鸡蛋短得很，十个钱一个还找不出来。昨日上头给亲戚家送粥米去，四五个买办出去，好容易才凑了两千个来，我哪里找去？你说给他，改日吃罢。”

初读至此时，我还是个偷读大人书的小学生，恍然大悟，哦，“送粥米”啊。在此之前，我一直根据永城话发音，听成了“送盅米”。

小时候，谁家生了第一个孩子，亲戚朋友就会“送粥米”。所谓的“送粥米”，是家中长女或长子出生时的庆贺仪式，类似城里盛行的“满月酒”。生孩子的人家，会煮上很多的鸡蛋，用颜料染上红色的皮，给亲戚或关系特别好的朋友家里送去。送的时候，会说明哪天摆酒席。收到红鸡蛋的人家，会极其热情地恭喜来人，积极地询问举行仪式的日子，并一再表示一定到场。

接下来，收到红鸡蛋的人家，就该依照旧俗准备礼物了。普通的关系或是较远的亲戚，一般是备上鸡蛋、红糖为贺礼；至亲，比如新生儿的姥娘，则要准备笆斗[1]，里面装上满满的麦子和鸡蛋、红糖，这是最厚的礼物了。

当然，在此之外，姑娘的鞋子姨娘的袜，从姥娘到姑姑阿姨，不同的身份有不同的礼。也有送布料的，也有送衣服鞋袜帽子的，心意而已，不一而足。个中礼数，就是连我也不懂了，因为如今这些都不再时兴，生孩子也不论几个，都是在酒店里包桌，来的客人也全是拿红包，简便是真简便，实惠也是真实惠，却再没有当年那琳琅满目的热闹了。

至于“送粥米”的日子，一般男孩是出生后第九天，女孩则是出生后第七天（取“巧”之意）。到了日子，收到过红鸡蛋的亲友早就备好了笆斗、鸡蛋、红糖和各色礼物，从或远或近的村子出发前来。

一般来说，姥娘一方的亲戚是最主要的。那时候，一个村子里几乎全是沾亲带故的，送粥米也是全村出动。一家派上个代表，一般是女人，带着较小的孩子，由新生儿的亲姥娘或亲舅舅组织前去。较早的时候是用架子车，中间摆满了笆斗，周围坐满了欢天喜地的女人孩子；后来条件好了，会包一辆三轮车，拉着礼物和人前去。

阿姨可能嫁到别村去了，也会组织相应村子里的亲戚们，也来一辆这样的架子车或三轮车，也放上笆斗和礼物，也坐一圈的女人孩子，也欢天喜地地出发。

走啰，送粥米了，吃大桌[2]去了。

路上若遇到别村的熟人打招呼，问这是去哪里，组织者

---

① 笆斗：永城方言，用柳条编成的一种盛器，底部呈半球形，有篮子一样可挎的把手，可盛装麦、面、馍馍等。

② 吃大桌：永城方言，参加红白喜事的宴请，统称为吃大桌。

会满脸喜气地回答：“去吃大桌！”

再问是谁家的事，就答：“××庄上，俺妹妹家送粥米。”问者一定会道喜，还要追问男孩女孩。别管男孩女孩，都会点头说好。

就这么一路的喜气洋洋，一路的欢歌笑语，一路的打打闹闹，中午之前，一定就赶到了那家生了男孩或女孩的亲戚家里。

那是另一个村子，也一样是一家的喜事全村人操办。老远就能感受到喜庆的氛围。主家一定早在三天前就找来了大总①和忙人②，买了成吨的煤，青砖和泥支起了简易豪气的大锅，那锅炉是平地而起，半大孩子高，炉火蹿出来，舔着锅底，锅里是沸腾的菜肉，香出十里地去，少说有一百种味道。

客人来到，主家老远就会迎过来，到指定的地点卸下礼物，不同的村子来的不同的大人孩子，都嬉戏在一处。至亲会第一时间到房里，看看坐月子的妇人，看看新生的孩子，说几句祝福的话，叮嘱新母亲好好养着别见风别着凉……

院子里摆着从村里各家各户借来的桌子板凳，少说有十几或几十桌，大人孩子和各自的熟人坐在一起。九个盘子十个碗，热闹地吃起来。凉菜起，酒杯碰；热菜起，馒头上；十碗九，再上汤；最后一道丸子汤，喝完就可回家啰……

回去的路上，大人一边扶着孩子，一边挎着空了的笆斗，嘻嘻哈哈，叽叽喳喳，说的全是这家的酒席是否丰盛，

---

① 大总：永城方言，帮忙主持红白喜事的总管。

② 忙人：永城方言，帮忙在红白喜事中打杂的人，多是街坊、邻居、亲戚。

再比较一下过去吃过的酒席，一一罗列，这家的好，那家的薄，谁家的孩子富态，谁家的孩子精气[①]……及至到家，下了车，太阳都西斜了。各回各家，那洋溢了一天的喜气，就随着解散的脚步散了开去，逐渐变得稀薄，变得悄无声息。

若干年后，这一场酒席，还会在另外别家送粥米回去的路上，被人一遍遍地提起。

清楚地记得，当年吃大桌回来，家里人就会问今天的桌怎么样，吃的人就会一样样罗列起中午的菜来。哥哥在一旁站着，平静地来了句："看来人的肚子应该装上拉链，吃完大桌，遇到人问，直接拉开肚皮展示一下，看这家的桌有多好！"在场者笑到肚子疼。

这种旧时的习俗，也一天天被现代化了。现在的人，孩子生得也少，即使农村家庭也大多是两个。孩子之间再也没有长幼的厚此薄彼，无论哪个孩子出生，都会办一场酒席，或直接在饭店包桌，或叫了成桌的外卖，大总和忙人也形同虚设；亲戚们拿着红包，包上只在数量上有差异的人民币，赶来吃一顿，聊聊天，看一眼孩子，便各自散了。

再也没有笆斗，没有因血缘关系、婚姻关系而由一家生孩子辐射到好几个村子的同喜了。更没人会幻想肚子上装个拉链，以随时拉开证明一下吃的桌是好是孬。

好怀念，那能吃到甜米饭和拔丝的"送粥米"的童年。

---

① 精气：永城方言，一般用于形容小孩子聪明有灵气。

过年的饺子

除夕夜。

正在看春节联欢晚会，当热闹欢腾的音乐声中走来喜庆的节目主持人，我却陷入了新年第一愁。

我的面前，是一碗热气腾腾的饺子……汤。一只小白鹅般的饺子，在汤里起起伏伏，因为孤单，它娇小的身姿把一只碗衬托成了浩瀚汪洋。

与此同时，父母哥姐一人端着一碗饺子，边吃边笑，那是小品或相声上演的效果。

可是，我，该怎么对付这只可恨的饺子？

妈妈看出我的心思来："过年是一定要吃饺子的，人人都得吃！就给你盛了一个，还不赶紧吃了它！"

我小时候，是个极其挑食的孩子，葱姜蒜不吃，饺子面条不吃，鸡蛋膏不吃，豆腐脑不吃……而其中居讨厌之最的，便是饺子。

平日里，每逢包饺子，我就吃点其他的，母亲也对我的行为网开一面。可是每到过年，我就遇到了爬不了的坡过不去的坎，不知道老祖宗为何要定下如此反人性的规矩，过年人人都必须吃饺子！导致在新春佳节这一喜气洋洋的时刻，我却心怀忐忑。每当饺子端上桌，我通常要气得哭一场，然后在吃几个饺子的问题上和父母反复讨价还价。

直到后来，为了维持家庭和睦，母亲对我的喜好做了最大程度的妥协，除了饺子，还会炒上几个菜，允许在全家都吃饺子的同时，我可以吃喜欢的菜。底线就是，至少要吃上一个饺子。

然而，不喜欢，是一种绝无商量的心魔。一个也不行！看着不过是一只小小的饺子，对我来说却像是一种刑罚。

在漫长的岁月里，在逐渐长大的过程中，口味的变化像是自我否定，可谓天翻地覆。谁能想到，多年以后，我会在某个略显清闲的节假日，央求豆先生去买馅，包上一顿饺子。吃到嘴里的幸福感，不得不让我怀疑儿时的执念。

然而，在我最痛恨饺子的童年，传统习俗在乡村却被固守得最牢。从大年三十开始，一直到过完正月十五元宵节，要严格地吃上六顿饺子。

我严重怀疑，年和吃饺子的习俗，是上天派来折磨我的猛兽，长着一张狰狞的脸。

我的老家，过年下饺子也极讲究，一定是鞭炮点捻的同时下，外边鞭炮响，锅里饺子跳，不能早也不能晚。

所以，常见一位母亲端着秫秸子做的小拍子，上面摆着一个个整齐洁白的饺子，立在锅台边，朗声问："点着了没?"外边负责放炮的傻小子高声回答："点着了!"这样的问答可能要重复几次"马上马上"，才能准确对接。于是，在一片"噼里啪啦"中，拍子上的饺子你争我抢跳进了锅中的滚水里，腾起一阵雾气。

科普一下永城的"过年六顿饺"。

第一顿，年三十晚上，要吃肉饺子。"肉"，在永城是个形容词，意在表示"慢"甚至是磨磨叽叽。年三十的这顿肉饺子，则是代表了对过去一年的留恋，磨磨蹭蹭不想送走旧年。之后的五顿饺子，都是在早上吃的。

第二顿，大年初一早上，要吃素饺子。开年第一天，素饺子的讲究，是不要“荤”，取谐音，寓意不要一年里昏昏沉沉糊里糊涂昏头昏脑，清清爽爽过一年。

第三顿，大年初三早上，也是素饺子，在永城称为“扁食”。“初三吃顿扁，不吭也不喘。”吃了这顿素饺子，保佑一年里无病无灾。

第四顿，大年初五的饺子，在外地是要“破五”，永城则称“五忙意”。这一天，不能干活，不能动针线，不然一年里都是劳碌命。其实，这也是借着过节给大家一个休息的由头，多轻松两天。

第五顿，大年初七，吃肉饺子。“初七吃个虫意儿嘴”，“虫意儿”是永城方言，小鸟的统称。比如麻雀，永城就叫“小小虫”。而“七”又通“巧”，意思是新的一年里有一张巧嘴，不得罪人，开口即欢喜。

第六顿，也是最后一顿必吃的新年饺子，安排在正月十六，元宵节过后，“金丝缠白鹅”，饺子面条一起下。饺子寓意元宝，也就是财富。面条作为金丝，则要努力把元宝拴结实，为家里聚财守财，保佑新的一年里富有、幸福。

到正月十六这一天，年也完了节也完了，该上学的上学，该上班的上班，该打工的出门，该做生意的做生意。“上车的饺子”一吃，无论做什么的，新的一年都开张了，快出去干活的干活、挣钱的挣钱吧！

元宵节的灯

我在正月十五寒冷的夜幕里缓行，心里反复打着腹稿，祈祷自己不要出丑。远远地，一个院子里冲出一个孩子，好像是玉柱。

没错，那个院子就是玉柱的家。

腼腆的我边走近边调动起脸上的微笑肌，正要艰难地开口说话，眼尖的玉柱认出了我。这个活泼的孩子以主动的方式缓解了我的尴尬。

他看到了我手中端的馍筐，虽然盖着笼布，却在这一天昭示着无须说明的意图。

玉柱惊喜地对着院子里喊起来：“妈妈，瞧瞧来给咱家送花灯了！”

我松了一口气，就势揭开笼布，从馍筐里拿出一对热气腾腾的面灯来。

玉柱欢天喜地地来接。还没等他接到手，他年轻的母亲就闻声而出，一边热情地和我打着招呼，一边先玉柱一步从我手中接过面灯，以豫东农村人特有的方式一遍遍表达着感谢：“恁看恁妈妈蒸的灯多好看，还捏的有花边呢……”

这一天是元宵节，当时的豫东农村尚无吃元宵的习俗，元宵节也不叫元宵节，而是直接以日期命名——正月十五。

正月十五，家家户户都要蒸面灯。

而按照风俗，家中至亲长辈若有“老”① 了的人，则三年不能蒸灯。

那么，在元宵节这天，不能蒸灯的人家，该如何点灯呢？

这就要联系到和此风俗相配套的另一风俗了。不能蒸灯的人家，由关系较近的街坊邻居送上自家蒸的灯。因为街坊邻居很多，这家送两个，那家送两个，反而让这不蒸灯的人家，拥有了全村最多的面灯，足以把房间、院子都点出暖意融融来。

多么温暖多么有人情味的风俗啊。

于是，我就成了我家的元宵节送灯大使。

元宵节的灯，是面做的。点灯的油，是香油。灯的观赏作用发挥充分，接下来灯就变成了主食。

正月十五下午，妈妈就和好了面。蒸灯要用豆面，但又不能全用豆面。单纯的小麦面粉也就是我们通常说的“好面”，和出的面过于柔软，蒸出的灯立不起来，灯型不好看，也就留不出理想的灯盏用以盛放香油；而单纯的豆面蒸出的灯虽然有型，吃起来却太硬。

所以，母亲把一定比例的豆面掺进好面里，和好面，醒上一两个小时，然后开始做灯。

母亲做灯的过程，就像是表演魔术。总是在我不经意间，发现那无差别的面剂子，在母亲手里揉几下，捏几下，灯座就出来了。我还没有看清这神奇的灯座是怎么产生的，母亲又捏好了灯盏，并且已经在灯盏的边缘捏起了花边。

---

① 老：永城方言，去世。

不过几分钟时间，一个面做的花灯就立在了案板上，白生生的，灯盏薄得透亮，花边美得像工艺品，整个花灯呈莲花盛开之势，散发着朴素生动的美。

等到花灯摆满大半个案板，父亲开始烧锅。母亲则用余下的面做几个特殊寓意的灯。

一个是放在鸡窝上的灯。母亲先捏一个手掌大的圆形的类似篮子的器皿，再捏出一只鸡妈妈、一群姿态各异的小鸡娃，还有几个小巧可爱的蛋。转眼工夫，这鸡的一家就住到了“窝”里，栩栩如生，就连那几只蛋，都似乎要破壳而出的样子。

一个是放在书架上的灯。母亲照例是捏一个相对平整的圆形底座，再捏出一条几欲腾飞的盘龙。只见那龙仰首向天，小半段身子竖立，尾巴翘起，像是下一秒就直冲云霄。龙头龙须龙眼龙鳞……样样俱全。我的母亲，怎么这么手巧呢？

一个是放在粮缸上的灯。母亲做的粮仓里，是真的有粮食的。小麦、黄豆、绿豆，但凡常种的庄稼，都藏在这尖顶的“仓库”里，饱含对丰收年的祈愿。

还有一个是放在架子车上的灯。母亲做的圆形托盘里，有大个的元宝，有散落的铜钱……那时，架子车是父母做生意的重要运输工具，也是我们吃穿上学的资金来源。

这些灯里涉及的角色，或者嘴里衔着红纸，或者身上贴着红纸，个个喜气洋洋，预示着新的一年家和业广、生活富足、学业兴旺……母亲把对未来所有的愿望都捏进了各式各样的灯里。

锅里的水开了。母亲把玲珑的面灯整齐地放到箅子上，像列队的士兵，又像是摆好阵形的舞蹈演员。

随着秫秸子做的锅盖落下，面灯们就开启了由生到熟的再造之旅。

孩子的耐心总归有限，我在院子里玩，却又心不在焉。时不时就要跑到锅屋门口，问一声："妈妈，灯蒸好了没？"换来的，是父母哭笑不得的佯怒。

正月里，小孩子是不许乱说话的，怕哪一句说不好，一语成谶。可偏偏小孩子就爱问这问那，一不留神就犯了忌讳。

我，就是那个快言快语的小姑娘。

觉得过了好久好久，又是在不经意间，母亲早把面灯们揭出来了。它们终于如我所愿变成了花灯。

高温的蒸，让它们变成了熟的颜色。

我急着要点花灯，母亲却派给我一项重要任务：给家中老人未满三年的邻居们送灯。

灯要送一对。母亲一家家数着，放到馍筐里。我端着，按心里记下的母亲开出的名单，一家家走到送到。每到一家，邻居们都要感谢我去送灯，再端着灯对母亲的手艺夸个不停。

等到完成任务，匆匆跑回家，发现父母已经在点花灯。

母亲在火柴杆上缠上棉絮，插在灯盏中间，再一个个添满香油。父亲擦燃火柴，一个个点亮。我则赶紧放下馍筐，一边汇报自己的送灯见闻，一边积极主动地把鸡妈妈一家放到鸡窝上……

运间子①里亮起来了，那是粮缸上的灯；卧室里亮起来了，那是书架上的龙灯；院子里亮起来了，那是架子车上的事业灯、鸡窝上的养殖灯……村子里也亮起来了，那是端着花灯的大人孩子在串门、比灯。欢声笑语此起彼伏，沿街流动，每一团灯光都照亮着一张含笑的脸。

若是一群正比灯的孩子忽然一窝蜂跑向某家门口，不用说，一定是那户人家摆开了放焰火的架势。

那时的焰火也简单，多是一个个长条状的“气号子”，点了捻，冲上天，响一声，就完了。也有殷实人家买几个大家伙，放地上，点着，只见“大炮”的正中喷出火花来，可喷出一米多高，但是一分钟的光景就喷完了。即使如此，也已是童年元宵节的盛景。

等到盏中香油尽了，焰火看完了，夜也深了，不知疲倦的孩子在各自父母的呼唤声中告别伙伴，极不情愿地回家去，边走边啃花灯那已被烤焦的边，等到家时，交还母亲手中的，一定是没边的灯了。

多少年过去，在城里安家的人们，远离了故乡的土地，也忘记了古老的习俗。母亲蒸灯的手艺，在我们这一代，失传了。

又是一年元宵节，遥远的老家，是否又亮起了温暖的灯盏？

---

① 运间子：永城方言，指用来储存粮食等物品的房间。

花老虎

“花老虎，虎老花，你不认识我，我不认识他……”

每当我们吃起花老虎，就不由自主地唱起这首顺口溜。

我小时候，最爱吃杂面馍。我之所以爱吃杂面馍，是因为我自出生起，因为父亲的智慧和母亲的勤劳，家里就光吃好面①，没吃过杂面。而村里的其他人家都蒸了各种各样的杂面馍，有黑硬的红薯面馍、粉紫色的小秫秫面馍、金灿灿的大秫秫面馍，还有黄澄澄的谷面团子。每当我拿着好面馍出门，遇到同样拿着馍的小伙伴，我们就会陷入互相羡慕的尴尬状态。他们羡慕我白色的好面馍，我羡慕他们彩色的杂面馍。

所以，我小时候，经常看着别人家孩子手里的窝窝头流口水。有一天，五叔抱着我在村东头桥上玩，不知谁递给我一块杂面窝窝头，我吃完了，觉得真是人间美味，就哭着还要吃。五叔手足无措地哄着我，一不小心，我的下巴磕到桥上去了，一块小石头子竟磕进了肉里。不知是因为当时大人没注意到，或是别的什么原因，从此这石头子就长在了下巴里，直到我上初中时还能摸到呢。后来，又不知从哪天起，摸不到了，一定是石头子在肉里钻得够深了。

---

① 好面：指小麦磨的面粉。

这段“肯吃嘴”[1] 的往事，充分证明了我对杂面馍“物以稀为贵”式的热爱。

“花老虎”是杂面馍的一种，也是姥娘的拿手好戏。

“花老虎”这个名字的由来，大约是由其原材料的颜色所决定的。姥娘系上深蓝的围裙，从面缸里拿出一个引药头[2]，掰碎，泡在温水里，待到变成面糊，就掺上面粉，和上一大黄盆。待把白面和好，把装着面团的黄盆放进锅里的温水里发着，姥娘又开始烫玉米面。玉米面不像小麦面那么有黏性，所以不能用普通的水和，而是要用开水烫。

等到白面发好了，玉米面也烫好了，姥娘就要动手做“花老虎”了。只见姥娘一边吩咐舅舅添水烧锅，一边拿小秫秫做的扫把清扫案板。之后，先在案板上铺一层面醭（bú）[3]，再把已发成一盆的白面取出来，不停地用两手来回搋[4]（chàn），直到把松软发虚的面搋成一个光滑紧实的面团。再用一条胳膊粗细的擀面杖，把这个面团擀成一张圆形的厚饼。然后，姥娘把烫软的玉米面取出来，在巨大的白面饼上均匀地摊上一层，也如白面饼般厚薄。接着，姥娘开始卷这张“饼”，从边缘卷起，一直卷成一根细长的棍，这根棍和擀面杖差不多粗细。最后，姥娘麻利地拿出菜刀，左手轻抚面团，手指轻按面团而曲起，右手执刀，紧挨着手指，手起

---

① 肯吃嘴：永城方言，指贪吃。

② 引药头：永城方言，农村人自制的酵母，每次蒸馒头时留下一块发面放面缸里，就成下次的酵母了。

③ 面醭：永城方言，指制作面食时用到的生面粉，以防止面团粘在案板上。

④ 搋：永城方言，仅在制作面食时，用作“揉”。

刀落，切出第一个“花卷”来。接下来，姥娘的动作迅速敏捷又惊险，她以左手的手指为尺，每一次刀落下，就后移手指，右手的刀紧跟过来，紧挨手指面切下去，手指迅速后移，刀再跟过来……如此循环往复，我看得眼都花了，几乎就在一瞬间，案板上摆满了一般大小、一般形状、一般可爱的“花老虎”。从侧面看，那一层白一层黄的面剂子，还真像老虎的斑纹呢！

这时，舅舅烧的锅也滚了，秫秸子做的锅盖冒着热气。姥娘掀开锅盖，放进竹片做的网格状箅子，铺上用水浸湿的圆形笼布，把“花老虎”们小心翼翼地放进锅里，排列整齐有序。

待到隐约闻到面食的甜香，就到了“花老虎”出锅的时刻。姥娘麻利地掀开锅盖，于蒸气氤氲中，左手端馍筐，右手蘸一下早就备好的一只碗里的凉水，揭起一个花老虎，再蘸一下水，再揭起一个花老虎。

我这个小馋猫一定在锅屋里目不转睛地盯着姥娘的动作，急不可耐地等着第一个拿到一只热气腾腾的“花老虎”。这时的“花老虎”，已经在化学反应之下变成胖胖的一只，那黄色的斑纹凸出来，更活灵活现了。

姥娘把馍筐放在案板上，我慌忙伸手去拿，又被烫得缩回了手，把烫红的小手放嘴边哈气止疼。姥娘一边心疼一边笑骂：“真是个肯吃嘴！”说着，她用一块迷你小笼布包起一只花老虎递给我：“小心点，别烫着，想吃多少就吃多少！”

我抱着这只珍贵的“花老虎”大快朵颐，咬下去，满口的香甜。

这一天，在姥娘家里，我实现了“杂面自由”。

归的子

随着袅袅青烟的升起，院子里升腾起勾人馋虫的香味。

那是原生食物特有的味道，清香里透着淡淡的甜，叫醒了贪睡的孩子。

舅舅蹲在地上烧鏊子，身边是一堆麦穰，跳跃的火苗点缀着黎明的微暗。香味，就是这轻柔的火苗带来的。它正用一颗朴素草木心努力烘烤着鏊子上的食物。

姥娘在锅屋的案板前忙碌，我知道，她在做归的子。

那是一种大秫秫面和好面以一定比例混合在一起做成的面食。大概是七成大秫秫面、三成好面。之所以混合，一是为了增加大秫秫面的黏度，不然，粗糙的大秫秫面太过散离，无法成形；二是为了优化口感，以当时的磨面技术，纯大秫秫面过于粗糙，吃起来拉嗓子。

豫东方言里，“大秫秫”是指玉米，“好”却并不是任何一种粮食的名称，只有在和“面”字搭配时，才有机会成为名词的修辞。“好面”，专指小麦磨出的面粉，小麦以外的粮食磨成的粉，通常统称为“杂面”。

二十世纪八九十年代，在大部分农家，好面尚未普及，杂面统治着馍筐子。而我家，因为父母起早贪黑做生意，日子过得比较暄乎[①]。据母亲说，在我出生之前，家里就已经

① 暄乎：富裕。

不再吃杂面。虽然自家地里产出的麦子不多，却能去茴村会上收麦子。不时会有人带着十几二十几斤自己不舍得吃的麦子来换钱。那时，麦子大概两毛钱一斤。一个会下来，也能收个八九十斤。每月九个会，已经能确保一家人顿顿吃好面。

一出生就顿顿好面的我，对杂面有着天然的向往。两岁时因为吃了一口邻居递上来的杂面馍，哭着闹着还要吃。负责哄我玩的五叔拉不下脸来问邻居要，我便哭得上气不接下气，一不小心磕到了村东头的石子桥上，一粒石子竟磕进了肉里。因发现得太晚，石子便留在了下巴里，直到十来岁时，我的下巴上还能隐约看到一小块青色的石子颜色。现在，不知那块因贪吃而裹进下巴里的石子，正游走在身体的哪个部位。

对杂面无限热爱的我，非常喜欢吃姥娘做的归的子。

“归的子”，只是它名字的发音，至于是不是这三个字，我无法确认。

姥娘不识字。因此，这种童年时出自姥娘之手的特色食物，随着岁月的变迁，随着时光的逝去，随着姥娘的离开，它的名字，将永远成谜。

玉米面用开水烫熟，加上三成好面，充分揉和在一起，揪出一个一个拳头大小的面剂子，用手臂粗的擀面杖擀成一个个圆形的饼，大小与现在的烧饼差不多。

舅舅支上那块不知什么铁做成的黑乎乎的圆形鏊子，从院后的麦穰垛上拽几把暄乎乎的麦穰，一根火柴划过，火光就亮起来了。

烧上两把，鏊子热了，姥娘顺手放上一个归的子。舅舅左手拿烧火棍，右手不时翻一下归的子，一股无法言说的食物香味便慢慢弥漫了农家院。

一个鏊子上，最多可以放三个归的子。大概两分钟翻一次面，翻个三四次，早放的归的子就先熟了，舅舅会递给等在一旁的我。姥娘怕我烫着，递一方笼布。迫不及待的我，用笼布包着新烤出的归的子，咬一口，外焦里嫩，满口甜香。

那是食物最原始的甜，最原始的香。小小的我，有时能吃上两三个，虽说加了好面，到底大秫秫面还是粗糙，把小小的胃撑得扎猥扎猥的。

但下次，姥娘再做归的子，我还要努力吃到撑。

不止我爱吃归的子，全家人都爱吃。平日里妈妈太忙，几乎没做过，于是，只要我们去姥娘家，姥娘一定会投我们所好，烫面支鏊子，以归的子款待外孙。

每当有邻居家姥娘外爷看见，就会笑话姥娘，说外孙来了不割肉，喂一肚子杂面馍。

姥娘就会骄傲地笑："这几个孩子，还真不爱吃肉，就好这口杂面馍！"

天真的我不服气，就会和多事的邻家姥娘外爷顶嘴："谁说姥娘没割肉？锅里正炒呢！归的子可比肉好吃！"

于是，引来哄堂大笑。

我就想不明白了，这么美味的归的子，怎么能拿它和肉比？

多少年过去了，再也没吃上归的子。只有那淡淡的甜香在记忆里飘散。

我想姥娘了。

炖秦椒

夏秋之交，傍晚。

十五岁的我躺在堂屋靠东墙摆放的一张长条凳上，像烙饼似的，在极有限的空间表演“翻来覆去”。

肚子里像是有个火炉在熊熊燃烧，从内到外烤着我，我感觉，在明天的太阳升起之前，自己会被烤焦。

进进出出忙碌的母亲，看着我煎熬的样子，哭笑不得。她半嗔半怒地叹一句：“你说你吃恁多干啥？”

这句在外人听来不明所以的话，这一天，我们一家五口都心知肚明。

没错，我晚饭吃了几乎一小盆炖秦椒。

那是自家院子里种的线椒，细细长长弯弯曲曲青翠碧绿皮薄极辣，是豫东农村最受欢迎的青菜，没有之一。

秦椒的做法，可以有许多种。最常用的是做配菜，无论炖炒，嗜辣之人都爱加一把切成细条的秦椒来提味，再普通的菜也变得麻辣鲜香，包你吃得额头沁汗嘴唇跳舞舌头冒火却直呼过瘾欲罢不能。

但永城人是不会满足于这样的小打小闹的，我们善于将秦椒做主菜。鸡蛋抱秦椒就不用说了，红绿黄白的一盘，色香味俱全。腌秦椒因耐储藏，是可以霸占夏秋冬三季的角色，以热馒头夹之，或以烙馍卷之，简单易得，美得不要不要的。父亲母亲爱以蒸的整秦椒和生姜一起在蒜臼里砸碎来吃，也是香辣可口。最懒汉的吃法当数直接拿着青秦椒蘸盐来吃，脆而爽口……

其中最迷人的，就是炖秦椒。说是“炖”，其实是蒸出来的。

把刚摘下来的新鲜的线椒择好洗净，放在案板上，用菜刀切成细细的一条一条，再双手抓刀轧来轧去，确保秦椒丝被轧得细碎，最终变成一盆或一碗翠色青椒碎。我后来持家时，多是用碗；母亲为全家人做时，则需要用盆。没办法，人人都好这一口，百吃不厌，用碗简直是杯水车薪。

这时，拿来几个家养的鸡蛋，依秦椒的量和家人耐辣的程度酌情添加，一个三个五个，全凭自己把握。

鸡蛋打进去，搅拌均匀，即可上锅蒸。蒸的时长可参考馒头包子。母亲向来不计时，只要锅滚了、馍馏透了，秦椒一定也同时“炖”好了。

揭开秫秸子契成的锅盖，那盆放在中间的炖秦椒已经被蒸气顶得鼓起来，像小山似的光滑圆润。蒸气稍散，那山也慢慢平复。

母亲揭了馍，把炖秦椒也端出来，加上盐和香油，再次搅拌均匀，就是一道特色菜了。如此简单朴素的原材料，如此简单潦草的配方，如此粗枝大叶的搅拌，竟成就了记忆里的美味传奇。

这种做法，鸡蛋的温柔充分降解了秦椒的辣，口感最好。我那个无肉不欢的大外甥唯一爱吃的素菜就是炖秦椒，四五岁时就敢大张旗鼓吃个不停。

炖秦椒，可以馒头夹着吃，可以烙馍卷着吃，也可就着任何其他饭菜吃。而我这个吃啥都追求过瘾的孩子，则打着就馍的幌子，用四分之一个馒头，可以吃下半盆炖秦椒。

那个十五岁的周末，久未回家的我，心心念念地想着吃一次炖秦椒。夜幕降临之前，溺爱子女的母亲就端上了一盆正宗的炖秦椒。父母哥姐看我饿狼似的样子，都尽量不和我争，结果，我就这样傻不拉叽吃了几乎整整一盆。手里拿的四分之一个馒头就像个摆设。

接着，我便“自食其果”了。

秦椒吃多了会在肚子里“造反”。那个黄昏，徐徐夜风吹来，家人都在院子里惬意地乘凉，我的肚子却上演起烈火煎胃。即使夜的凉也降不了我腹中之温，想必孙悟空在八卦炉里也不过如此吧？

至今也想不明白，为什么我不是躺在院中的凉席上，也不是躺在床上，却独独选择一条窄不过二十公分的长条凳，刚够单薄的我侧身而卧，脚连着小腿还要伸到外面去。

妈妈不停地给我端晾凉的开水，我喝呀喝呀，心里一百个后悔，怎么可以吃这么多？我预感，自己将成为这世上唯一一个死于过量食用炖秦椒的人，不禁生出悲壮感来。

不知道是不是海量的凉开水的作用，那份火热渐渐冷却了，疲惫不堪的我竟在长条凳上睡着了。

从此，我再不敢如此贪吃炖秦椒。但炖秦椒，却一直是我家的保留菜式，直到现在。每个夏天，正值线椒上市时，我都会采买细长的线椒，重温一下故乡的味道，妈妈的味道。不过我只蒸个小半碗，和先生共享。

还是那个味儿！

只是不明白，明明是蒸出来的，为什么偏偏固执地叫“炖秦椒”呢？

面疙瘩

我病了。

那是一个周末，当时我正上初中。已记不清是为什么，也忘了症状。只知道母亲请了我们村的“小孩杀手”——赤脚医生小刺来给我开药打针。然后，一直水米未沾牙的我，忽然饿了。

母亲问我想吃什么，我说我想吃面疙瘩。

妈妈一听我的需求，认为简单极了。她半生主厨，小小一道面疙瘩，不在话下！所以，我一说，她就笑着转身要去做。

我喊住了母亲。我觉得母亲误会了我的意思。

没错，我想吃面疙瘩。

但是，我想吃的，是我舅做的面疙瘩。

妈妈觉得我小题大做了，别管谁做的面疙瘩，左右不都是面疙瘩吗？有何难？难道你那个一年下不了两次厨的舅舅，还能比娘做的好吃？

但我还是不放心，反复地给她讲我记忆中舅舅做面疙瘩的手法。

豫东农村，那年月，男人是轻易不进锅屋[①]的。爱钻锅屋的男人，会被鉴定为“没出息”。

---

① 锅屋：永城方言，指厨房。

所以，想吃到男人做的饭，除非是吃大桌。大桌上的菜丰盛又美味，真不知那些平日里不做饭的男人是怎么能一做惊人的。既然如此有做饭天赋，又为何要以做饭为耻呢？

也许，不过是懒罢了。

我的舅舅，身为人民教师，既然有着吃商品粮的工作，就更有了不做饭的充分理由。所以，他做饭的机会屈指可数。一般只有在姥娘和妗子都不在家时，他才有机会大显身手。

我吃过的舅舅做的饭有三顿。一顿是面条，两顿是面疙瘩。

那面条没有通常认知中的柔软，而是扑扑棱棱像一条条泥鳅。舅舅和的面硬，切出的面条也筋道，一根根有筷子粗细，经沸水煮熟，便成了一碗碗活泼泼的面条。

比起家庭主妇们充满柔情的面条，舅舅做的面条充满了阳刚之气，好吃极了！就是有点费牙。但小孩牙口好，丝毫不觉得。

而舅舅做的面疙瘩，则可以称得上“绝活”了。

通常意义上的面疙瘩，是添少许水在碗里，放上足够多的面，搅啊搅啊，搅到可以一筷子提起碗里的面，而碗上光光溜溜一点儿面不沾。再以清水“醒”之。待到锅里水开，小火，提起筷子上的面团，迅速放进锅里，顺时针搅动筷子，那面团便一层层脱离，变成一条条“面鱼”。搅到最后，筷子也是光溜溜一点儿面不沾的了。这时，一锅面疙瘩也就好了。可佐以葱花香油，食之，柔中带筋，像母亲温柔的手，美矣美矣。

但舅舅做面疙瘩，却是直接以瓢取面，一点点向瓢中加水，边加边搅，搅出一瓢珍珠样的“面疙瘩”来。

因为水加得迅速，搅得迅速，水和面来不及相融，变成了水迅速包裹住一小撮干面，然后再溶于面，所以水只来得及湿润面疙瘩的表层。

那面是实实在在的面，那疙瘩也是实实在在的疙瘩。一个个小面球，仅表面是湿的，里面还是干面。

锅里水开，舅舅把一瓢的“面珍珠”倒进去，搅动，亦是片刻即熟。但那汤和面疙瘩是有着分明界限的，面疙瘩还是珍珠样，吃起来一颗颗，球状疙瘩中间的干面也熟了，说不出什么味道，就是很独特，透着别样的香，好吃得不得了。也许，舅舅做的不应该叫面疙瘩，应该叫“面珍珠”。

在那个多年前的周末，那个生病的少女，心心念念的，就是吃上一碗舅舅做的“面疙瘩”。可是，尽管我极其细致地描述了舅舅做面疙瘩的过程，信心满满的母亲端来的，还是一碗货真价实的“母亲牌”面疙瘩。

光看长相，我就下不了嘴。

那根本不是我想要的面疙瘩。

没胃口。好伤心。

这时，舅舅忽然来我家了。他并不是为我生病而来的，因为他根本不知道我生病。

妈妈问他吃饭了没，他说吃过了。妈妈并没有因为舅舅吃过了而放过他。妈妈说，你把这碗面疙瘩吃了吧。舅舅当即坐下来，把那碗妈妈做出来的面疙瘩吃光了，还发出“哧溜哧溜”的声音。

我真想不明白，能做出那么好吃的面疙瘩的舅舅，怎么能咽得下妈妈做的完全不同口味的面疙瘩的，而且还吃得津津有味。

就这样，多年之前的那个不中午不晚上的周末，舅舅吃光了妈妈为我做的面疙瘩。

而我，至今没能再次吃到舅舅做的面疙瘩。

茄子腿

但凡挑食的人，都偏爱“吃要麻[①]”。

就像我，不怎么爱吃茄子，却独独爱吃“茄子腿”，尤其是小鸡炖茄子这道菜里，那“茄子腿”，可比鸡腿鲜美多了。

母亲是个节俭的人，对于食物，更是珍惜有加。经母亲之手择出的菜，一定是被宠爱过的。不能吃的部分一定绝对不能吃，被抛弃的部分一定是杜绝了浪费。比如韭菜，我们习惯于把坏叶子、干叶子、黄叶子整片地择下来，留整齐翠绿的一整棵。而母亲，会仔细地把坏了的部分、干了的部分和黄了的部分掐下来，让同一片叶子有了两种身份，一半能吃，一半抛弃。

每一片被择净的叶子，都应该感激母亲的善良和爱。它们本该因残疾而被抛弃，母亲却为它们做了截肢手术，避免死亡的命运，得以成为“菜”。

在这些本来可能遭遇被弃命运的“舍不得”里，我最偏爱的，当数“茄子腿”。

“茄子腿”，是指茄子果实和把儿相连接的部分，是半覆在茄子上、半包裹着把儿的黑紫色的厚厚的皮。这块皮像个

---

① 吃要麻：永城方言，形容一个人独特的饮食习惯，爱吃千奇百怪的东西。

手掌，牢牢抓着整个茄子，生怕果实不小心摔了跤。

母亲在收拾茄子时，会小心地把这部分皮剥下来，和茄子果实一样成为菜，成为更美味的菜。

家养的鸡子，皮下有肥厚的黄油。配以鲜嫩的茄子，便是逢年过节一道桌上佳肴。

“茄子腿”一定是我的。它们不像茄子果肉那样，在炒炖之下会失水，变得又软又薄又面，而是固执地保持着韧性和嚼头。

浸透了鸡汤的“茄子腿”，在唇齿之间留下美味又倔强的记忆。

等到我有了小家庭，也学母亲，吃茄子时一定不会忘了“茄子腿”，确保菜尽其用。

等我当了妈妈，儿子问：“妈妈，这是什么？”我说这是“茄子腿”。儿子的表情马上变得生动多姿，咦？茄子还有腿？茄子会走会跑会跳吗？

茄子腿，不是用来走、跑或跳的，而是为了抓住茄子，以免茄子跑了……

“那应该是茄子手才对呀！”儿子的思维方式就是那么特别。

转念一想，对哦，明明是茄子手嘛，多形象！

儿子没能爱上“茄子腿”。

“茄子腿”便依旧是我的独宠。

拔　丝

忽然好想吃拔丝。

顺便，就好想吃大桌。

小时候，最期待的事情就是吃大桌。

所谓吃大桌，就是本村或外村，亲戚家里有红白喜事时，大规模请客。一般，女人会带着一串孩子前去，上礼，坐在排在院里院外的各种大桌子旁，等着开流水席。

因为桌子大，吃这种高价饭，就被称为“吃大桌”。

同样是吃大桌，喜事的大桌就比丧事的大桌规格要高。也许是为了照顾到主客的情绪，大总就武断地以为参加丧事的客人因为悲伤而失去了胃口，因此安排的宴席便不如喜事那般丰盛。

当然，丧事的礼金也相对微薄。这，才是根本原因。交得钱少，吃得当然就差，主家也要有成本效益的权衡。

不管喜事还是丧事，小孩子都是喜欢的，因为人多、热闹，还有放炮的、卖各种小零食的。即使不能随意购物，与一众小朋友追逐打闹一番，也是快乐的。

既然是“吃大桌”，就要从“吃”着手，那么，当然更期待喜事。因为，无论是结婚还是“送粥米”（添丁时的喜事），桌上都会有甜食。“送粥米”时一定会有甜米饭，不过是加些红糖，点缀几颗红枣，就足够孩子们抢了。

而我最最期待的，则是拔丝。

菜上到一定数量，忙人就会端来一盘热腾腾的拔丝。盘子是白底蓝花边的，拔丝是褐色的。和拔丝一同上桌的，一定是一碗凉水。

这时，全桌的人，无论大人孩子，都会伸出筷子抢。夹起一块，就扯出无数根半透明的糖丝来。

这夹起的拔丝是不能直接吃的，否则，那么高的温度，会迅速把嘴烫出泡来。

这时，凉水就派上用场了。夹起拔丝，在凉水中浸一下，就去了表面的高温。

但也只能是浸一下，不然，如果泡的时间长，拔丝就不脆了。迅速下水，迅速出水，迅速送进嘴里去，那个脆，那个甜，让回忆中的我流出了口水。

一块哪里够？但是再看盘里，早就光了。那么一盘，有时甚至不够一人一块的，哪里可能尝到第二块？

也幸得不多。拔丝，是以热油化红糖，以糖浆裹红薯丁而成的。盛在盘里，趁热，糖还没有完全凝固，还夹得起来。若是晚了一分，则整个凝固了，粘在盘子底上，根本弄不动。

那份甜，是我记忆中最正宗最真诚的甜，甜成了幸福的样子。

往后余生，尝过很多的甜点，却始终爱不起来，只因这些甜，都甜得不够浓不够厚不够醇。

也曾在饭店里兴冲冲点过拔丝，却发现完全无法和儿时记忆里大桌上的红薯拔丝相媲美。红薯虽是当时农村就地取材的土味农产品，却是拔丝最理想的原料。

那些以苹果、香蕉、菠萝为芯，以现代白糖为裹头的拔丝，不光不够甜，有些连丝也扯不出来。真是有辱“拔丝”这名字。

妈妈说，也许正是因为每年碰不上几次喜事，每次最多只能有幸尝到一块，才觉得拔丝如此美味。

我不愿承认，又无力反驳。

老式的红薯，老式的红糖，再难见到。

我心心念念的拔丝，变成了绝版的回忆。

桌子板凳

小时候，村里别管谁家有红白喜事，都要从邻居家借桌子板凳盘子碗碟，用来待客，可以省下一部分租金。

吃大桌时，院里院外摆的，全是颜色各异、大小不一的方桌和高凳。凳是长条凳，围着桌子一边一条。一般来讲，一条凳上坐两到三个人，其间若有两头的人起身，必得招呼一下另一头的人，不然，很容易像跷跷板一样撅起来。又因为长条凳并不是中间有支撑的跷跷板，常导致另一头的人摔屁股，给热闹的宴席平添了喜感。

那时候，只要不是特别穷的人家，都会打下这么一套家具，平日里不舍得用，逢年过节来客人时才会郑重地搬出来。吃大桌时，这么多的大桌子长板凳，要借遍全村才能凑齐。主家的主妇或当家男人，一户一户地走，一家一家地借，借一趟送回家一趟，估计一天得走一万步。

等到宴席结束，收拾了残羹冷炙，主人夫妇又要一家一家地去还。看着那么多杂七杂八的桌子板凳，竟然能神奇准确地各回各家，我每次都百思不得其解。

宴席的主家与借出桌椅的主人之间全凭口说，并无凭据，那么多家具来自不同的人家，怎么就能不出差错地还回去呢？

桌椅是大件，可能每家都有不同的标记，但那些借来的盘子碗，还有和面的大黄盆，看起来长得一模一样，怎么也能分毫不差地物归原主呢？

我暗自纳闷，却从未开口问过，谜团在心里盘旋至今。

村里的婶子大娘们，自有她们的沟通交流之法。

在跟母亲去一位大娘家串门时，我曾亲耳听到一位婶子对那个大娘说：“这不是槐花家的黄盆吗？”

大娘说：“是啊，就是从她家借的。”

当时我就对这个婶子佩服不已。我的天啊，她竟然认得槐花家的黄盆，那是多么普通的一个盆啊，和其他的黄盆没啥差别，她是怎么认出来的呢？

毕竟，这些日常用品，又不是孩子的脸，谁家的孩子长得像谁，怎么就能认出来呢？

神奇的婶子们！

方便面

当我还是个孩子时，曾向往过方便面。

那时，我大概上四五年级，只在电视广告里见过方便面，潜意识中将其定位为高大上的城市食品，从没奢望有一天能吃到。

当时的农村，很多孩子交不起学费，上学时穿着补丁摞补丁的衣服，日常就馍吃的菜经常是自制的超辣面酱，哪里敢想方便面？

在一个星期五的晚上，我已经躺在被窝里，却听到我舅和我妗子好像在给大表弟吃方便面。隐约中听到舅舅提到我，说瞧瞧睡了，要不要叫醒她也尝尝？妗子[①]说不用了，让她睡吧，给她家拿的有，她回家就可以吃。

我的心便随着口水飞回家了，兴奋得睡不着。我当然不敢起床去和表弟争着吃方便面，但第二天就是星期六，我可以回家了。在我自己的家里，我是老小，什么好吃的都会先紧着给我。

星期六一天的课我都没心思上，一心只想着时间过得快些，赶紧飞回家吃方便面。

啊，方便面，只在电视里见过的方便面！

放学回到家，照常跟在妈妈屁股后面报告一周的学校趣

---

① 妗子：舅母。

闻，照常坐在桌前吃父母为我的归来特意准备的鱼肉，照常吃完饭看电视。

可是直到电视剧结束了，还没有进行到我期盼的吃方便面的环节。

我磨磨蹭蹭地跟着姐姐上床睡觉，失望极了。

妈妈一定是忘了方便面的事，我想。平时妈妈经常把放在橱柜里的蛋糕呀果子呀给忘掉，最后都放坏了也没能让我们吃到嘴里。

我们呢，都是懂事的孩子，明知道柜子里放着好吃的，明明很想吃，却不好意思开口要，直等到放坏。待到某天妈妈收拾出来，直叹可惜："唉，我怎么就忙得忘了这些呢？你们怎么也想不起来吃？"

我们不说话。可是我们从来没有忘记过，也一直想着要吃，只是不敢表达，怕落下"肯吃嘴"的坏名声。

那个星期六的晚上，我一直磨蹭着不想睡觉，我希望妈妈能想起来那几包方便面。可是她完全没有想起来的意思，只是说时间太晚了，催我们早点睡觉。

已经躺在床上了，我还是不死心，方便面的诱惑实在太大了，电视广告中的小孩一吸溜嘴，卷曲的面条就扑棱起来，实在太勾引人了。

吃货的勇气就这么被逼出来了，我的小脑袋露在被子外面，装作不经意地说了句："昨天俺妗子给永飞烫方便面了，她说咱家也有，所以就没给我吃。"

妈妈一听，果然恍然大悟道："就是就是，我这个记性啊！怎么没想起来给你们烫了吃呢？"

妈妈还没睡，当即就拿出了一包方便面，一掰两半，分别放进两个瓷碗里，佐料也一分为二加上，倒上开水，再用一只碗盖起来。

多么漫长的等待啊，我的心情是焦急又狂喜的。

过了几分钟，妈妈揭开了盖碗，只见小半碗依旧卷曲的细细的方便面，散发出无法抵挡的香味。

我裹着被子坐在床上，端起碗吃起了这让我魂牵梦萦夜不能寐的方便面。

虽然吃过了有鱼有肉的晚饭，我还是觉得半碗方便面太少了，尽管小心翼翼地慢慢吃细细品，还是迅速地吃完了。

真好吃啊，方便面是天底下最好吃的东西，比大鱼大肉还好吃！

没吃饱，好想再吃啊。但是，我不好意思再要。妈妈问吃饱了没，我违心地点点头。其实我真的没吃饱，我真的想再吃一包两包三包，我觉得我可以一口气吃一大汽车的方便面。

这就是我平生第一次吃方便面的期待、忐忑与不过瘾。此后几十年，再也没有吃过更好吃的方便面了。

那时候哪里会想到，有一天，当年如此稀有的方便面会被定义为不健康食品，而当初如此迷恋方便面的我，竟然会把方便面列入“禁食谱”！回想起小时候吃方便面的经历，我不禁嘴角浮起一丝微笑。

绿皮车上的烧饼

平生第一次坐火车，是上大学时。那时候坐火车是一件大事，我对火车心存神秘的向往。

头天早上，姐姐陪我，先坐村里开往茴村的露天三轮车到茴村街上，赶最早一班可直达商丘的大巴。

万一赶不上，就要坐去永城的中巴，再转乘去商丘的大巴。

“赶”是一个需要早起的词。我们去得真是太早了，以至到了茴村，我和姐姐去取我的证件照时，照相馆的老板还没有起床。我们喊了好久，她才睡眼惺忪地打开门，在半清醒状态下找了好久，才交给我一小包照得奇丑无比的黑白照片。

这套照片，不光我觉得丑，连我哥我姐我嫂子都觉得丑，若是带着这样的照片去上学，贴到大学里各种证件上，将对妹妹的形象造成无可弥补的影响。于是，我刚到商丘的当天，哥哥就带我在商丘重新拍了一组照片。

当妹妹，简直是世界上最幸福最省心的事。

在哥哥家过了一天，第二天，我和姐姐就坐上了开往郑州的绿皮火车。

在这趟火车上，我惊奇地见识了一个烧饼的价格波动过程。

那年月，大家似乎都认为在火车上买东西是一种自愿被坑的行为，所以，无论贫富，都鲜有人在火车上购物。

比如我吧，虽然我爹是我们村的首富，我却直到上班若干年后，才会大方地在高铁上为自己叫份盒饭。

但少归少，总会有“土豪”在火车上购物的。

上车不久，列车员就推着简易小车，以喊的方式兜售各种食物。

“啤酒饮料矿泉水啦——”

“烧饼鸡腿茶叶蛋啦——”

当然，价格也是很贵的。

当列车员来回走了多少趟后，邻座的大婶买了一个烧饼。这时，烧饼已经由两块钱降到了一块五，她可能没吃早饭，买了个首次降价的烧饼。

随着时间的推移，随着列车员来回地叫卖，随着终点站的临近，烧饼的价格一会一个样。

“烧饼一块啦一块啦，有没有人要？”

“烧饼五毛啦五毛啦，有没有人要？”

“烧饼两毛啦两毛啦，有没有人要？”

说实在的，当年在永城，刚出炉的热腾腾暄乎乎麦香扑鼻的烧饼，就是两毛钱一个。可火车上的烧饼，早就皮塌塌的了，最开始的两块一个委实吓了我一跳，想着照这物价，等到了郑州，不知我还吃不吃得起饭。

毕竟，我爱吃的还不是烧饼，而是肉。

可这烧饼的价格，竟然离郑州越近，就越便宜，让我感叹其中的神奇。等降到两毛一个的时候，竟和茴村街上的烧饼一个价了，果真平民化。

我一直观察着那个花一块五毛钱买了一个烧饼的大婶，

她对这个高价烧饼很是珍惜，直到开封都过了，直到烧饼价格明目张胆地一降再降，直到降到了两毛一个，她手里的烧饼，都还没有吃完。

我其实很怕她会泼辣地对着列车员发飙，担心双方的对打会殃及邻居。毕竟，卖一块五一个烧饼的列车员也是卖两毛钱一个烧饼的列车员。而烧饼从一块五到两毛，火车只经过了两三百公里，而我们大家，都待在原处没有动。

但她没有。她好像越来越心疼，所以一点点撕下来吃，到最终也没有吃完。

二十多年过去，不知她还记不记得这个烧饼。

几年后，豆先生从南京坐火车去郑州找我，说在路上吃了一个两毛钱的茶叶蛋。

我一听这价钱就吓了一跳，茶叶蛋在火车上卖两毛钱，想必是过期商品……你怎么敢吃？

他笑了，说郑州是终点站，价格越降越低，有人还吃了五毛钱一个的鸡腿，他吃个两毛的茶叶蛋算什么。

被窝里的夜宵

有点饿。

走进厨房，意外发现台面上放着半包方便面。

是的，是半包。包装已打开，面饼只剩半个。

我是个早已戒了方便面的人，可此时，苏醒的记忆让我鬼使神差地伸手，抱着半块面饼啃了起来。

酥、脆，却好大一股鸡精味。

记忆被篡改了。

我读初中时开始住校，从那时起，长达六年的中学时代，似乎时时充满了青春的饥饿。我们都拥有一个填不饱的肚子，不等放学就饿得饥肠辘辘，坐在后门口的同学会早早做好要向食堂冲刺抢馍的姿势。

没错，馍，就是要抢的。

那时，男孩一般吃四两馒头，女生二两。馒头是一个二两，所以女生吃一个，男生吃两个。没有人规定女生不能吃两个，但大家都不约而同地只吃一个。

那正是长身体的时候，一个馒头实在无法达到饱的状态。而男生即使吃三个四个，也没什么，女生要敢吃两个，似乎就成了大胃王。很少有女生敢冒险吃两个。

到了晚自习结束时，已经九点多，早已腹中空空的我们，会忍不住挤到校园的小商店里去。小商店一般是老师家属开的，卖学生日常用品。

作为夜宵，我们最中意的是方便面。

那时的方便面只有袋装的，有的四毛钱一包，有的四毛五一包。比较而言，四毛五一包的口感更好，那是一款包装上印有一个让人垂涎三尺的鸡腿的方便面。

这样的夜宵其实过于奢侈，因为当时麦子才两毛钱一斤，学校的饭票是四毛钱一斤。也就是说，一斤饭票勉强能换一袋方便面，而折算成馒头，则是五个馒头。

白天连多一个馒头都不好意思吃的女生，晚上拿着五个馒头去换一包方便面，趴被窝里啃得喷香。

当时我每周的生活费是五块钱，在同学中已属阔绰。所以，被窝里啃方便面的待遇，不是人人都有，更不是天天都有的。

而那种满足和幸福，是此后余生再没有重现过的。

一如青春。

肯吃嘴

周末，在足球公园，豆先生发现一个流动摊贩卖的是烤串。

“来串烤鸭肠吧？”

我摇头，说之前吃过的烤鸭肠大多都不新鲜，何必花钱买难吃？

豆先生许是饿了，坚持要尝一尝。我说你尝你的，可不要逼我尝。

但他买回来，非得逼我尝。无奈之下，我咬牙切齿尝了一串，大呼好吃！

鸭肠极新鲜，佐料也够味，辣得沁人心脾。

于是乎，剩下的全归我了。吃完，不过瘾，催豆先生再去买，却发现卖烤串的已经走远，看不见影了。

又过了半天，豆先生竟从远处把人家现有的鸭肠全买回来了，两手各攥着一大把，很是诱人。

每根竹签上不过短短一截，很快就吃完了。我便埋怨起小贩来：“这个人也真是，既然卖烤鸭肠，就要备足货。现在连一个客户的需求都满足不了，怎么能称职？”

豆先生哭笑不得：“有那么好吃吗？”

当然有！

过了半天，念念不忘，回味悠长，我不禁又说：“你当时应该问她要个电话……”

豆先生终于忍无可忍了，当即对我展开人身攻击："你这个'肯吃嘴'！幸亏是我去买的，幸亏人家是个女的！如果卖鸭肠的是个男的，你去买鸭肠，还能被人家给拐走呢！"

哈哈哈哈哈哈……没错，当年，我不就是因为被你带着吃南京的涮鸭肠，才被拐走的吗？

但是，这称呼，太伤人了！

"肯吃嘴，肯吃嘴，到了婆家打歪嘴……"从能听懂人类语言的年龄起，我就熟知这段朗朗上口的民谣。我幼小的心灵，对"婆家"产生了无限的恐惧，妈呀，出嫁好可怜，连饭都不能随便吃，动不动嘴就被打歪了……

豫东平原之最东的永城，注定要嫁入婆家为人妇的农村女孩子有着严格的礼仪标准。而"肯吃"，是一大忌。

"肯吃"，是指一个人很贪吃，见到爱吃的走不动，吃起来没个够，完全不顾形象。这样的人，被冠以"肯吃嘴"的标签，类似于新时代的"吃货"，却比"吃货"更直白，包含了恨铁不成钢的恶意。

一旦女孩子被评为"肯吃嘴"，将会"美"名远播，接受有意或无意的嘲笑。

在自己家里"肯吃"倒还不可怕，关起门来没人知道，一旦出门，在别人看得见的地方吃得忘乎所以失了形象，就可悲了。比如在吃大桌的场合，会不可避免成为大家关注的焦点，简直是众目睽睽之下表演"吃播"。她的每一个进食举动都可能被群嘲，哪怕她其实没有别人吃得多或吃得快。

父母从小教导我们，出门做客，要夹面前的那盘菜中靠近自己的部分，切忌在盘子里乱翻，切忌伸长胳膊去夹远距离的菜。

哪像今天的人们，对吃货如此宽容，但凡够不着的菜，人们都会理所当然地站起来越过若干盘子碗手到擒来。

奶奶讲过一个故事，说是一家子有个优秀的男孩，母亲很强势。

男孩到了十八九岁，媒人提亲，据说女方肤白貌美有教养。到了看家庭的环节，当家主母便设计了一个小陷阱，意欲试试女孩的“教养”。

女孩在婶子、媒人的陪同下来到了男方家里，相看了气派的青砖大瓦房，相看了院中栖了凤凰的梧桐树，相看了各房间的齐全家具，在宾主尽欢中迎来了吃午饭的程序。

女孩大大方方地坐下来，当家主母为女孩这大大方方的气势所不悦。一般去看家庭的女孩，都是羞羞答答，以示温柔懦弱好欺负。况且这母亲既当家，就想从一开始拿捏住媳妇，免得日后地位被撼。

桌上已是十个盘子九个碗，很是丰盛。主母招呼大家入座，发筷子时，故意给女孩只发了一根筷子。

女孩实诚，直接说：“怎么只给了我一根筷子？”

发筷子的人慌忙赔释①她，另拿一根筷子来添上。

女孩坦然接下，饭桌上的礼仪一样不缺，也是依规矩在大人夹菜之后再夹，夹菜时并不乱翻，只捡面前的那盘。

可是媒人、婶子和当家主母都变了脸色。

这门亲当然没结成，男孩母亲到处宣扬女孩是个“肯吃嘴”。

依老一辈人的见识，在这个时候，发给女孩一根筷子，

① 赔释：永城方言，赔礼道歉。

实在是一种侮辱。女孩正确的反应应该是当场翻脸，把筷子摔在桌上，怒而返回。

听故事时我还是个没有发言权的小学生，心内暗诩：大人们的世界真麻烦，难道女孩发了怒，这亲就结成了？

当然也是不成的，但却展了威风，保了气节，把错踢到对方身上去，也不至于落下“肯吃嘴”的名声。

照我说，这样的未来婆婆，不嫁也罢。连吃饭尚且不能随意，嫁过去的日子又能好到哪里去？

横竖是不可能结这门亲，女孩要了第二根筷子，好歹混了顿饭。

哈哈，这就是“肯吃嘴”的神逻辑吧？

在没有深夜食堂的日子里

就在写《上锁的秘密》的那个深夜，对往事的回忆勾起了食欲，我怀着对青春的无限向往和热情挽留，飞奔至厨房，找出一枚变鸡蛋，带着愉悦和幸福，吃下去。

唇齿留香。

那是从二十多年前那个总是感觉吃不饱的学生时代绵延至今的夜晚加餐的香味，珍稀、可贵。

求学时期，尤其是中学时代，不知为什么，每一个孩子，似乎都处于饥饿状态。

无论生活费多么宽裕，大家都习惯于吃等量的馍菜汤，急于成长的身体得不到充分的营养供应，导致在放学之前就饥肠辘辘，以致无心听讲，只盼下课铃声响起，以最迅捷的速度冲向食堂。

最恐怖的是初中时，虽然馒头只要二两馍票，虽然一份偶尔会有肉片的水煮土豆片只要两毛钱并且还允许打半份，虽然早晚可照出人影的面汤只要五分钱，虽然我每周有五块钱的“巨额”生活费，还是面临着放学前的糊口焦虑。

买馒头的窗口只有一个，而全校有七八百人吃饭，万一跑得慢了，就会面对打饭窗口的长队产生绝望。

那些跑得快的同学，便负起了帮大家捎馍的重任。

同学们会在最后一个课间，也就是第三节课之后、第四节课之前的十分钟里，把自己要捎的馍数量和相应的馍票交给这个同学。有人要二两，有人要四两，对应的是一个或两个馍。这个以速度取胜的同学不好意思拒绝任何人，只好统统接下，记牢，等到放学铃响，第一个冲出教室，奔向食堂，占据有利位置，然后买下山一样的馒头。

好在机器挤出来的馒头并不是标准的圆形，而是胖胖的椭圆，且一个一个连在一起，相连的部分已被挤成了方形。这样的馒头纯属虚胖，拿在手里一捏，可以变成一个扁片，堪比面包。

食堂的馒头并不是生来就虚胖的。

最初，在没有馒头机器时，馍是食堂师傅手工做出来的。做馒头需要揉面太久，过于麻烦，大老粗的师傅们可没有这个闲工夫，他们直接把面块拉长，手起刀落，出产一个又一个的“卷子”，大的四两，小的二两。

初二时，科技发展日新月异，食堂办公也向自动化迈进，负责开启自动化征程的，就是馒头机。

初次使用，师傅们尚掌握不好水和面的比例，生怕生产出一堆稀糊糊，所以，便加工出一堆硬疙瘩。这时的馒头虽小，却是个圆圆的馒头样，且瓷实、压饿。吃了一年多的卷子，终于等来了形似的馒头，因为新奇，好多同学吃一个两个不过瘾，反复购买。班里年龄最小、个子最小的小明同学，竟然吃下了七个馒头，被大家当作笑话来讲。

七个硬疙瘩下肚，晚上愣是不饿，貌似还积食了。

享了一段货真价实的馒头之福后，随着食堂师傅对机器的日渐熟悉，对面、水比例掌握得逐渐精准，很快，我们就吃到了这种虚胖的馒头。从此，师傅们的手艺再也没有走过回头路，那种瓷实压饿的馒头成为永远不会重现的历史。

跑步速度最快的男生或女生，艰难地抱着一大包首尾相连的虚胖馒头挤出人群时，必有不劳而获者在最近处等待，以帮助的名义率先取走自己的份额。等所有委托人都拿走自己的馍，受托同学手中可能就剩下可怜巴巴的一两个馒头了，这是他（她）自己的。

有时，也会出错。或是食堂师傅数错了，或是委托人数错了，会导致馒头不够发。同学们都吃开了，受托受累的同学却两手空空，承受大宗生意血本无归的后果。

况且，十三四岁的孩子中，也已经有了鄙视链。当时有一个女生，不知什么原因被所有人排斥，她偏偏跑步最快。为了赢得同学们的好感，她每次都忍辱负重接下尽可能多的馍票，箭一样奔向食堂，满头大汗气喘吁吁回来，还要面对委托人对馒头的挑三拣四。

有一次，她手里接到了太多的饭票，心算着饭票对应的馒头数量，她感觉自己无力领回。当还有同学要求她捎带时，她为难地表示自己真的拿不了更多了，可是这个要求捎带的同学很生气，马上甩出脸来，转身就走。她只得又伸手拉住，勉为其难地接下饭票，泪水都在眼眶里打着转。

那么小的孩子，就有了这样的人生阅历；那么小的孩子，竟能如此狠心。日后每想起这个场景来，我都会不自觉打个冷战。

基于上述买饭竞争的激烈现实，我们最讨厌拖堂的老师，尤其是最后一节课拖堂的老师。要知道，下课铃响的那一刻，黄金时间不过就几分钟，老师一拖堂，我们的馒头可能就不知何时才能吃到嘴里了，万一供应不足，饿着也是有可能的。

当时，一个壮壮的上了年纪的语文老师最爱拖堂，偏偏他的课又安排在第四节。负责买馍的同学早已屁股离开了凳子，摆出一副随时发射的姿势，他还在黑板前唾沫横飞，兴致盎然，没有停的征兆。

着急的不仅是那个捎馍的同学，还有除语文老师以外的其余人。大家的希望，都寄托在那两个捎馍者的身上哪。

次数多了，语文老师好像觉察出了其中的玄妙。有一天，他又拉开了拖堂的架势，同学们无奈地盯着他，正在此时，下课铃响了。他正兴致勃勃，却戛然而止，打了一个手势："我不讲了，你们赶紧抢馍去吧！"

那承担捎馍重任的同学立马像离弦的箭一样蹿出了教室，转眼就不见了踪影……

全班同学哄堂大笑，老师也不好意思地笑了。

到了高中，初时食堂在建，卖馍菜汤的商贩就在校园小径的两边依次摆开，饭菜也多种多样，包子油条油茶馒头炒菜鸡腿……当然，价钱也上来了。

每到饭点，也是人山人海。最好吃又大个的那家馒头，去晚了就买不到。菜也是一样，只要是好买的，一定是难吃的。

新食堂开业后，整齐的餐桌，一字排开的窗口，秩序井然。道理还是不变，但凡做得好的窗口都人多为患，如果想节省时间，就要去得早，或者吃难以下咽的饭菜。

我那时的生活费每月 200 块，已是非常富裕。当时，一个人每天的生活费大多是两块钱。当然，两块钱是大众化的消费标准，如果想吃炒鸡块，一份就要三块钱。有一次我过生日，为了表达祝福，丽丽特意去买了半份炒鸡，娜子则往我碗里放了一个五毛钱的煎蛋，这都是非常深厚的情谊了。

有一段时间，我喜欢奢侈一点，买一个馒头，夹两个鸡翅，这样的一顿饭要花一块钱。

每天晚上九点钟晚自习下课，每个人都饿得前胸贴后背。一边听着肚子唱空城计，一边走向宿舍，已成为每个同学的常态。

宿舍南院墙上，有一个开向院内的窗口，里面由一位教师家属开了个小卖铺。不记得白天开不开窗，只知道晚上放学时，那个窗口通常灯火通明，供应方便面、茶鸡蛋、变鸡蛋等几种简单的吃食。

舍得买的同学少之又少。

最初，我从那里买过变鸡蛋。其实我从小就很挑食，不爱吃的东西比爱吃的要多好多倍。是学校食堂治愈了我的挑食病。饥饿，会让人爱上许多原来不爱的食物，比如饺子，比如馒头，比如变鸡蛋。

肚子空空如也的晚上，在那温暖的窗口，三毛钱一个变鸡蛋，直接向地上一摔，外面的石灰壳就掉了，有时，顺带着蛋壳也掉了。双手捧着一个明晃晃的赤裸变鸡蛋，在水管前冲掉上面不小心沾上的石灰，连清带黄吃得一点不剩，那半凝固的黄心，有种独特的醇香，耐人回味。

其实，一个变鸡蛋是吃不饱的，但从没有更奢侈到去买第二个。不是因为钱，而是因为大多数人连一个都不舍得买。

到了高三，在外租房子住，因临近毕业，愈加觉得可以奢侈一下。于是，晚上出了校门，在旁边的商店里买上一个变鸡蛋，在地上一滚，就成了脱光的玉女，颤巍巍的，很是诱人。

甚至有时候，也舍得在门口喝上一碗豆腐脑再回去，边付钱边安慰自己："我要考大学，学习费脑子 ，补一补是应该的，不算乱花钱……"

那时候，永城的豆腐脑，味道真美啊。白花花的豆腐脑，浇上口味各异的加了青菜勾了芡的浓稠鸡汤，白瓷勺打散，一勺勺喝到满头汗，曾是无上的享受。我并不是酷爱豆腐脑，稀罕的是那鸡汤。说是鸡汤，不过是拿鸡架子煮的汤，辅以青菜、面筋熬出的稠乎乎的咸汤，也许加了足量的调料和鸡精，喝起来味道甚是鲜美。一碗豆腐脑五毛钱，一碗鸡汤三毛钱，有时，我会打一碗纯的鸡汤，少了豆腐脑的干扰，吃得更香甜了。

更上档次的一段时间是高考体检的前一周。我发现自己只有 78 斤，怕体检时因太瘦不过关。听人说吃巧克力可以增肥，我就每天晚上在门口商店买块巧克力。结果，事与愿违，吃了一个星期，到了体检的日子，一上秤，76 斤，在我的苦苦哀求下，加上长得可爱，医生勉强给填了 80 斤。

离开家乡之后，我再没有喝到过如此美味的鸡汤豆腐脑，也很少吃到变鸡蛋了。在物资丰富的今天，比变鸡蛋更美的美味，实在数不胜数，谁还会费心去吃这种一不小心就因沾上石灰而变苦的食物?

可是这个充满回忆的午夜，我却迫切地想吃一个变鸡蛋。

所幸，上次回老家，妈妈特意给带了些，一直放在那里无人问津，此刻却解了近渴。

我打开袋子，拈起一只，拿起一个塑料袋放台面上，右手高高扬起，让变鸡蛋自由落体，“啪”的一声，石灰裂开，带着一半壳也裂开了。我小心地把另一半壳轻轻剥掉，把颤巍巍晶莹剔透的变鸡蛋放到水管下冲洗，少许沾上的石灰顺利地清除了。

似乎还是那个味道。

又似乎完全没有当年的味道了。

酒桌上的传说

不久前在朋友圈看到一条留言，来自一位爱喝酒的朋友，他说："不喝酒的人是无趣的、不解风情的……"

初时想要反驳："凭什么啊？喝酒有什么了不起？难道要表彰发酒疯吗？"但随之就觉得嚣张不起来，因为，自己也好想知道微醺的蒙眬美，大醉的苍凉感，烂醉如泥的忘我境界……

的确，酒，从古至今都是打天下的知音。无论何种形式的文艺作品里，都少不了酒。梁山好汉在"大口吃肉"时要"大口喝酒"；孙悟空在大闹天宫前喝得东倒西歪；将军出征前要以酒鼓舞士气；离开家乡时亲朋好友会摆酒"饯行"，远行归来时同样要以酒"接风"；兄弟结拜歃血为盟时要开怀痛饮；才子如李白无酒不成诗，才女如薛涛不醉难画笺，就连李清照也因酷爱饮酒胜出历任才女一筹……

总而言之，酒，真的是好东西。不喝酒，或不会喝酒，真乃人生一大憾事。

提到酒，在下就心虚。我不敢喝酒不完全因为我胆小，而是因为我过敏。因为酒精过敏的缘故，就连身上受了伤，我也不能用酒精消毒，而只能选择碘伏。所以，我极讨厌那些往死里劝酒的人。劝不能喝酒的人喝酒，无异于一种蓄意谋杀。

我会礼貌地解释，酒精过敏。有不识相者会说：“是吗？试试呗，让我看看你是怎么过敏的？”

不禁在心里默默问候此人列祖列宗：“我过敏凭什么让你看？我过敏会让你发大财吗？”

也因此，我很佩服并羡慕那些海量的女人。冷眼旁观数十年，得出一个规律：在酒桌上，千万不要小瞧那些敢于喝酒的女人，只要敢喝，就有本事把你喝倒！

喝酒者，并非全属好酒。最可爱的一类，是实诚的乖乖女。

上研究生时，同学小齐就是个很实诚的人。班里聚餐，分酒时我说我不能喝酒，滴酒不沾。到小齐时，她说：“我不能喝酒，我酒量可小，真的。”同学问怎么个小法，她想了想，说：“我最多只能喝三杯啤酒。”于是，从此以后，只要有啤酒，她都必须喝三杯。

还有一类，是“杀手锏”型的。

刚入职时，领导谈起一位美女同事月月，很是骄傲。记得当时是在某地出差，一到吃饭我就如坐针毡，对即将到来的劝酒心怀恐惧。一劝不喝，二劝不喝，三劝还不喝，就有人提到了当时与我尚不是很熟悉的同事月月，说：“你可不如她呀，她面不改色心不跳，转眼就把别人给喝趴了。”领导事后向我解释，说月月并不是酒量很大的女孩，却是极实在的，让喝就喝，不问缘由。于是，月月就成了领导的杀手锏，开始时被保护着，说女孩子不能喝酒。待到酒过三巡，领导示意月月起来给大家敬酒，若是滴酒不沾，此时是没有话语权的，客人会要求她喝一杯：“你喝一杯，我喝三杯。”

于是月月就爽快地喝一杯，客人一看，不能喝酒的小姑娘如此爽利，怎么好意思不喝三杯呢？就这样，把本来已经喝醉的客人给敬倒了。

再就是传奇型的女中豪杰了，君请看——

我们村子里，有一个极能喝的媳妇叫秀秀，而且是个小学老师。她小巧玲珑，很是秀气，开个玩笑都会脸红。

据说她刚上班不久，恰逢过节，同事聚餐。作为新人，秀秀有些腼腆，话不多，只埋头吃菜。遇到缠人的男士，非要她喝，她说："好，我喝一杯，你喝三杯。"男同事还以为自己占了便宜，一口答应。刚开始她喝一杯，男同事喝三杯；后来，她喝一杯，男同事喝一杯；再后来，她喝三杯，男同事喝一杯。中途男同事实在受不了了，做出一副怜香惜玉的表情，问她："咱不喝了吧？"

她一点事儿没有，说："你不能喝了？"

男人，怎么能在小女子面前认尿？当然不能说不能喝，就继续。

后来，她又问男同事："要不，咱不喝了？"

男同事见她如此小瞧自己，更下不了台，继续喝。

不知喝了多少杯，只见这女孩像喝白开水一样，愣是脸都不红。男同事却再也撑不下去，直接溜桌子底下去了。

一时，传为美谈。

后来才知道，这女孩子不简单，她似乎天生对酒精不敏感，喝白酒像喝水一样。据说，她周末下地里干活，渴了，回到家，发现没有白水，桌边放着瓶白酒，就直接拧开盖喝个精光，权当解渴了，愣是没一点反应。

这种超能力是从哪里来的？众说纷纭。

有人说，是她小时候经常帮嗜酒的父亲打酒，心里不是很乐意，同时对父亲如此爱酒感到好奇，所以每次打了酒，她就偷偷尝两口，再用水把酒瓶子兑满。

可是这种不时“尝两口”，就能尝成“千杯不醉”了吗？听者表示怀疑。说的人却斩钉截铁、信誓旦旦，说她越尝越多，有一次竟然把整瓶喝光了，父亲怎么会尝不出瓶子里的水味？她吓得不敢回家，自己跑到姥娘家里躲着。但最终还是要回家，姥娘给她编了个理由，说是酒瓶子出商店门摔碎了……

也有人说，这秀秀能喝酒，是基因决定的。因为她祖上有一个不知多少代的祖奶奶，娘家开着酒坊，十里八乡都有名。这祖奶奶貌美如花，从小很受宠爱，跟着父亲酿酒，是出了名的“品酒西施”。每一锅酒出来，都要经祖奶奶的口，以验证其品质。久而久之，祖奶奶练就了极强的酒精耐受力。不知经过多少次轮回，这个奇迹在秀秀身上重演，她就成喝酒神女了……

以上说法，是我罗列出的相对“靠谱”的解释，其他的就玄乎得让我这个信仰共产主义的无神论者觉得匪夷所思至极，若是写出来，怕是被全人类鄙视。

不过就是一个普通的女教师，与村里人低头不见抬头见，若真神到这种地步，遇上了拉个家常，随口问句就可以了。一个村子能有多大？竟然衍生出诸多神乎其神的“传说”来，怎么能不让人敬佩故乡人民的丰富想象力？

可惜，我回家次数太少，无缘一见，只能暂且任其“传奇”着。

春联的小名

进入腊月，年就近了。从腊月二十起，我们称呼日子时，就赐其“年”姓了：年二十一，年二十二，年二十三……年三十，大年初一……

逢三六八是茴村会，大家陆续采买年货。先买耐放的，衣服鞋袜玩具鞭炮烟花；后买蔬菜大肉。年二十八是年前最后一个会，各家各户查漏补缺地做收尾的添置。到这一天，所有的商贩都想把手里的货卖出去，所有的人家都想把年货备齐。午后散会，坐在摇摇晃晃、满载年货的架子车上，父亲会总结性地说一句：“到过年这一天，啥都齐了，不齐也齐了。”

蒸下足够吃出正月的馒头，炸下足够吃到天热长毛的丸子，备下最终会变成剩菜的鸡鱼肉蛋，圆圈子家后①都透着丰盛和富足，年，就这样热热闹闹地来了。在这些准备的过程中，男人负责赶会买东西，女人负责把礼物分发，把肉菜变成成品。男女搭配，分工协作，和谐完美。

唯有一个活，是非有文化的男人莫属的。

腊月二十九一大早，父亲就在当院堂屋门口支上方桌，摆上红纸和裁纸刀，毛笔旁边是一瓶冻成冰块的墨汁。

---

① 圆圈子家后：永城方言，指房前屋后，到处；“家后”一词指村子后面。

主角哥哥一定还在睡懒觉，我们并不着急。父亲带领着孩子们把门上、缸上、菜橱上、衣柜上一个个早已褪色的红纸黑字揭下来。岁月的侵蚀改变了它们鲜亮的模样，新年伊始，它们完成了保佑全家心想事成的任务，也要退休更新了。

糨糊厚的地方很难揭干净，就留下一块块不规则的红。这也不妨碍新的门对子贴上之后重新唤起的喜气与新鲜，那新鲜就像希望，像憧憬，带着庄稼人对于未来的美好期待，在风雨中担负起新一年的守护职责。

我们正在做的事情，是贴上新的“门对子”。

这里又要普及一下方言常识。在永城，在那个年代，“春联”是文雅到尚未传播到农村的新名词。我们把贴在门框上的写满美好祝愿的红纸黑字，叫作“门对子”。没错，每个门都有两个门框，只要是贴春联必是一对。所以，门对子是多么通俗易懂又传神啊，还暗含着“好事成双”的寓意。老百姓可能识字不多，但在给万事万物命名时却深谙语言精髓，把劳动人民的智慧发扬到极致。

在我们清除旧年门对子的工夫，母亲已经在锅屋里用好面熬了稀稠相宜的糨糊。万事俱备，只欠书法家。

我家当仁不让负责写门对子的，就是我那学历最高的哥哥。我不知道哥哥是从什么时候开始承担起写门对子的任务的，反正在我记忆里，从小学到初中再到大学，我们一直保持着贴手写春联的习惯。我觉得我的哥哥好神气啊，会写那么漂亮的毛笔字！我哥哥是天底下毛笔字最好的书法家！当哥的人，幸福就幸福在身后妹妹的无条件、不讲理的盲目崇拜。

门框都清理干净了，撕下的旧对联在地上和北风低声交谈，有时聊得起劲，会簌簌有声，不知是吵架还是欢笑。更热乎时，风会卷起残联，相拥着呼啸远去，想必是有悄悄话要说。

糨糊熬好了，已晾得不热不凉。

那瓶冰冻的墨汁也在阳光下化开了少许，透着乌乌的亮光。

我和姐姐已经按父亲在红纸上折出的尺寸裁出了一条条长长的春联底纸。

俺哥终于在千呼万唤中走出书房，还要慢条斯理、极为讲究地洗脸梳头刮胡子，然后神清气爽地站在方桌前，那架势，极具仪式感，用现在时髦的说法来讲就是“有范”，或者叫“拉风”。

那凳子就成了摆设。哥哥写对联，是站着写的，拿起毛笔，蘸着化开的墨汁，在妹妹们用小刀裁出的长条状红纸上一挥而就，写下一句诗来。这诗一定极其对仗，一定饱含希望，一定喜气洋洋。

陆续会有街坊邻居来我家，观摩哥哥写春联。有的人会早早来我家求哥哥也给他们写几副门对子。人越聚越多，慢慢就有了川流不息的味道。

看着这样的场景，作为妹妹，我深感自豪。哥哥写一副，父亲就带着我和姐姐去贴一副。父亲个子高，负责刷糨糊，从上到下刷得厚薄匀称。我和姐姐一人一条，把新鲜出炉的对联交给父亲。父亲的手真神奇，他刷的糨糊长度刚好够贴对联。

我们在大门两边贴上：生意兴隆通四海，财源茂盛达三江。横批：财源广进。这是最重要的门对子，因为父母是生意人，我们的学费、生活费都指着这必须财源广进的生意呢。其他的门对子就可以写得随意些，只要是盼春祝春的诗都可以。这时哥哥可以充分发挥他的文艺细胞，写出各种朗朗上口、内涵丰富、新意满满春意浓的门对子来。

这是“个性”，兴许就是这个性吸引了邻居们前来索取不一样的门对子贴贴，以求给未来的一年增添不一样的喜气。

大概个把小时工夫，因着门对子，整个院子从内到外焕然一新，年味就变得红红火火起来。门口面对着大门的树上贴着“出门见喜”，架子车两把上分别贴着“日行千里”“夜行八百”，菜橱上是“永不变质”，衣柜上有“推陈出新”，每一个装盛粮食的缸上都贴着“丰”或“道酉”……门心贴的是常遇春、胡大海这些看来威风凛凛足以护卫全家平安的门神。最漂亮的当数赵子龙，那帅气，英姿勃发，堪称男神。

门对子，除了庆贺新年，还有一个重要的功效，就是防要债的上门。不知这是不是永城独有。农村的习俗，时至年关，哪怕一个人常年躲债在外，过年也是会回家的。所以，年前是要债的最佳时机，估摸着债务人该回来了，上门去把欠的钱要回来。但有一个不成文的规矩，如果欠钱的人家里贴上了门对子，则债权人就不能再提还钱的事了。无论如何，得让人家年年有余，安生过个年。因此，不想还钱或没钱还债的人，会狡猾地赶在债权人上门之前，早早地把门对子贴上，就可以放心地过年了。按习俗，一般是在年二十九早上贴门对子的。可就因着以上缘故，那些躲债的人一回到家就先张罗着把门对子给贴上了。等了一年盼了一年的债权人，听说债务人好不容易回来了，忙趁着年前的工夫上门准备索债，没承想，被门对子给挡住了。招呼还是要打的，祝福还是要有的，谈谈一年来各自的营生，聊聊下一年都有啥打算，没用的话说了一箩筐，就是不可再提还钱的事。这一趟，这一年，就因走得慢了些，愣是白来白等了。

在我们家做生意的那些年，父亲就多次遇到过这种为了躲债早早贴门对子的人家。一般来说，年二十八贴门对子就已经是心怀叵测了，有的人怕出意外，竟然年二十六边蒸馒头就边把门对子给贴上了。当然，路过的人看见了，也会奉上嘲笑和鄙夷，谁都清楚主家打的啥主意。

无疑，遇上此等事的债权人真是糟心，这样的债务人也会被大家戳着脊梁骨骂。但规矩就在那里，恨归恨、骂归骂，万不可逾越。

贴门对子的任务，必须在上午完成，大部分人家都会在十点前竣工。热闹的气氛就在那大红的纸、黑亮的字里，就在那求财求福求平安的愿望里，就在那渐次响起的鞭炮声里。

第二天就是大年三十了，各种规矩、各种庆祝扑面而来。一年的辛劳都结束，新的一年喜气洋洋地走来了，挡都挡不住，何况我们是用“迎”的。

匹夫筐

在豫东平原之最东，大永城自古就有尊重女性的优良传统，证据俯拾皆是。

比如无论多大家业，财政大权都在媳妇手里，所有的开支都要经由女主人同意，再有本事的男人也要把挣到的大钱小钱交给媳妇，需要花钱再找媳妇审批支付。男人以向媳妇交钱为荣，以独揽财政大权为耻。

比如我们去已成婚的叔叔大爷家，说是去“婶子大娘家”；去爷爷的家，习惯性说“我去俺奶奶家”；依此类推，去妗子家，去姥娘家……总之，家是女人的，女人是主人。可见女性地位之高。再比如，永城方言“匹夫筐”一词是我们小时候在老家经常听到的。此词是用来形容女性的，从女孩到妇女到老妪通用，意思是不爱整洁、不爱干净、不爱收拾打理自己，蓬头垢面脏兮兮。

奇怪的是，这一专用于形容女性的词语，却偏偏叫“匹夫筐”。常见一位年轻的母亲或年迈的奶奶，追着那个在外面玩得浑身是泥和草的丫头骂：“你这个死妮子，真是个匹夫筐！”不注意卫生不懂得打扮自己的人明明是女孩，为何却用“匹夫筐”呢？

前日和远在上海的小石头聊天，我说自己太懒太笨不会化妆，整天素面朝天不像个女人。小石头为了证明她比我更不像个女人，举例说公司每月开一次视频会，视频中的她涂个小口红，穿件小西装，把摄像头管辖范围内的上半身弄得像个白领，端坐电脑前，不敢乱动。因为，她怕一不小心暴露了睡裤和拖鞋。

脑补出她这半白领半主妇的形象，微信这头的我忍俊不禁。小石头总结道："在女人堆里，我就是个匹夫筐。"

我很是惊喜，"匹夫筐"，一个久违的家乡方言词汇，多么亲切多么遥远啊。我开玩笑说，这一词语是典型的性别歧视，这不是摆明了说男人就是天然的不修边幅吗？因为男人脏乱差是理所当然的，所以形成了"匹夫"的固有印象，然后发明出"匹夫筐"用于形容窝囊、邋遢的女性，意思是你简直像男人一样窝囊、邋遢……

小时候，见识过因长期不洗头导致满头虱子的"匹夫筐"；见识过在土堆里泥坑里玩得浑身像个泥猴样的"匹夫筐"；见识过一件新衣服穿在身上不到一天就变成破衣烂衫的"匹夫筐"；也见识过手上脸上乌七八糟就拿着馍，吃一口吸溜一下鼻涕的"匹夫筐"……

神奇的是，女大十八变，这些小"匹夫筐"们大多长成了如花似玉的姑娘，顺利嫁为人妇，过着简单幸福的日子。当然，她们也有可能日后生下个不爱干净的小姑娘，被曾经的"匹夫筐"追着骂作新一代"匹夫筐"。这些"匹夫筐"们的变化，让我相信，每一个"匹夫筐"都是一只无穷的潜力股，假以时日，必将由灰姑娘变成光芒四射的白雪公主。

在永城历史上，最有名的"匹夫筐"，可能就是一位娘娘了。

我小时候听人片段式地讲过，说某户人家生了个姑娘，是个傻子，头上生满癞疮，脸上奇丑无比，还长年累月挂着两筒可下细粉的鼻涕。这个骨灰级“匹夫筐”，整日骑着一只大公鸡，唱着“金一碗，银两桶，皇上选俺当正宫”。有一天，皇上派人来民间选秀，踏遍千山万水，所到之处，彩旗飘飘红旗招展，却没有中意的美女。走到永城的一个村子时，已是最后一站，成败在此一举。况且，皇上交代的事儿，只许成功不许失败。然而，天不遂人愿，这个村前来应征的未婚单身女青年都没入选秀负责人的法眼。

一无所获的选秀负责人因苦于无法对圣上交差，就责问村长，是不是还有适龄姑娘未到场?

村长说没啊，全村的未婚女青年都来啦。

选秀负责人说，昨晚夜观天象，此处有五彩祥云显现，该是出娘娘的地方，为啥没一个漂亮妞呢?于是，他恐吓村长，是不是有美女私自藏着，不愿献给皇帝?

村长吓得尿了裤子，满头大汗，冥思苦想，说本村还有一个痴呆傻女，纯粹是个“匹夫筐”，来了怕吓着诸位。

选秀负责人勒令，带上来!

“匹夫筐”被带到现场，选秀负责人一看，惊为天人!这不就是天生的娘娘吗?只见此女貌若天仙，满身贵气。那满头癞疮原来是顶着个金碗，两筒鼻涕竟是两根银筷子，抱骑着的大公鸡，则是一只传说中的凤凰!于是，此女被选入宫中，当了娘娘。

这是永城最资深的“匹夫筐”变凤凰的民间传说。

但故事毕竟只是听来的，情节模糊，角色不清，直至多年后，看到永城市作协主席陈玉岭先生的《文化永城》中记载，永城民间曾流传着另一个版本的张娘娘，与小女子的道听途说如出一辙——

明仁宗朱高炽登基后，夜里做梦，梦见床前站着一位眉清目秀的姑娘。仁宗惊喜地问："小女子哪里人?"姑娘含情脉脉地回答："奴家永城人氏。"接着开口唱道："树叶青，树叶黄，何时选我当娘娘……"梦醒之后，仁宗十分诧异，就让画师按照自己梦里的记忆画了幅少女的图像，命人前去永城选娘娘。传说中的张娘娘家住永城张厂，兄妹两人相依为命。可是哥哥结婚后，媳妇不仁，虐待妹妹，这个张家小妹一头秃疮，两筒浓鼻涕，整天唱"树叶青，树叶黄，何时选我当娘娘"，被人讥笑。

谁知，当钦差来到张厂时，她回到屋里一打扮，秃疮变成了一个金碗，揭开来，现出如瀑布般的一头秀发，两筒鼻涕变成了一双银筷子……丑小鸭转眼间变成了白天鹅，和画上的人儿简直一模一样，就这样被钦差带到京城封为娘娘……

事实上，史书中对张厂村出的这位张娘娘有很高的评价。据说，张娘娘有"女中尧舜"之称，一生辅佐了三位皇帝，但她从不干预朝政，也不允许自己的亲戚插手朝中事务，极受人民爱戴。

不过，史书上的张娘娘不仅父母俱健，其父和几个哥哥还屡立战功，封官晋爵。无人能说得清，为什么永城会有一个"匹夫筐"变娘娘的荒诞传说，这传说还固执地流传下来，直到今天。

也许，其中潜伏着"匹夫筐"们想要脱胎换骨，为自己正名的美好愿望吧。又或许，那些年幼无知的"匹夫筐"，不过是生命起伏的先抑后扬。

黑怕啥？黑得甜心！

某日，和一永城籍女朋友聊天，夸起她皮肤好，天生丽质，她自谦道：“我肤色偏黑。”

我忽然想起一句家乡土语来，遂用上：“黑怕啥？黑得甜心！”

同一方水土养育出的她果然会意，狂笑不止：“哎呀妈呀，离开家乡二十年，好久没听说过这个温暖的词了。”

“甜心”，这一洋气十足的永城方言，是指中意、正合心意，“情人眼里出西施”的意思。

最常见的用法，在相亲时。

那时的农村，未婚男女经媒人牵线，必经“见面”的环节。每当此时，双方家长或媒人寒暄过后，会给这对男女一个独处的空间。一般是让他们坐在某个早就准备好的无人打扰的屋子，聊聊天说说话，彼此互相了解一下，以确定是不是对对方有意思。

这一形式，类似现在的相亲。只不过现在相亲的男女，一般会选择一个适合聊天的环境，喝茶、咖啡或是吃饭，不像从前那样干坐着单纯“说话”那般尴尬。

这种“见面”，不光是自家的大事，也是双方村子里的大事。某一天某人去“见面”了，一般是左邻右舍都知道，并且会在村子里传开，从而成为全村关注的重大事项。因此，男孩一回村，所遇之人，都会关切地问：“见面去了？

见得咋样？”

男孩会脸红，含蓄地说：“还不知道人家女方啥意思呢。”

这一听就是男孩很中意女孩，所以心中忐忑，不知女孩是否也中意自己。此邻居一定会打趣：“那就是看中了呗！”

男孩还是害羞，为了挽回面子，加上一句：“就是有点黑。”

媒人这时大咧咧插了句嘴：“黑怕啥？黑得甜心！”

于是，问的人和媒人一起会心地大笑，男孩也羞羞地笑了。

当然，每个人见面的对象不同，特点也就不同。于是，不仅有“黑得甜心”，也有“胖得甜心”“瘦得甜心”“矮得甜心”“木得甜心”……总之，只要看上了，对方的缺点，也变得可爱起来，是为“甜心”。

“今儿个见面见得咋样？看中了吗？”

“甜心得很！”

在相亲之外，日常用到“甜心”的地方也不少。

比如，一家有求于另一家，另一家不是很乐意，但碍于面子又不得不答应。求人的一方回到家，有人问：“答应了没有？”便答：“答应是答应了，就是答应得不是很‘甜心’。”

问的人便会宽他的心：“管他‘甜心’不‘甜心’，答应了就管[①]！”

---

① 管：永城方言，好，行，可以，有本事，表示肯定的意思，此处指好。

小时候，一直觉得“甜心”一词很土，直到长大，细究发音，发现俺永城的方言，竟然如此洋气。

在关于喜悦、中意的各种表达方式中，还有比“甜心”更贴切的吗？

“大”时代

我小时候，曾经为父亲的称呼自卑过。因为，别人都是喊时髦的“爸爸”，我却要和哥哥姐姐保持历史性一致，喊“大大”（dǎ）。我觉得这个称呼很土，可又不好意思改称父亲为“爸爸”，一度很苦恼。

而和我同龄的孩子，人家因为上面没有哥哥姐姐，所以赶上了好时代，一出生就管父亲叫“爸爸”。

因为对这个称呼无比在意，不免对“大”字有了特别的关注。在豫东农村，在单杨庄，“大”这个字，作为称呼，可以有三种音调。

第一种音调是“dá”，也是用来称呼父亲的，那是我的父辈们，比如我爸对我爷的称呼，他说“俺大（dá）”。

没错，在我们那里，称呼前习惯性加个“俺”字。“俺奶奶”“俺妈妈”“俺哥”“俺姐”，似乎在宣示主权。

“大（dá）”这个称呼，是更土的。所以到了哥哥姐姐，就接受了当时流行起来的“大大（dǎ）”。也就是说，他们两个赶上了他们出生时代的流行称呼，把“俺大（dá）”改成了“俺大大（dǎ）”。

等到我出生时，大江南北都流行起原来城里孩子才有资格喊的“爸爸”，于是，我的小伙伴们都理所当然地喊“爸爸”。可到了我这儿，因为哥哥姐姐都喊“俺大大（dǎ）”，我应该和他们保持一致，于是，称呼的进化在我身上停滞，儿时的我与流行称呼错过，继续土气地喊“俺大大（dǎ）”。

好难过，好焦虑，好土气，好丢人。

除此之外，“大”还用于称呼和父亲同辈，却比父亲年长的男性。本来应该叫“大爷”，但是因为小孩子说话不熟练，就喊成“大大（dà）”。

就这样，一个“大”字，仅用读音，就区分出了不同的关系。中华文字之博大精深，可见一斑。

但我妹妹却从来没有这样的苦恼。虽然她比我小八九岁，赶上的岁月更时尚，放眼世界，喊父亲的不光有“爸爸”，还有“呆弟”“爸比”，她却理直气壮和我们保持历史性一致，响亮又骄傲地喊“俺大大（dǎ）”。最让人恼火的是，我们虽然直接称呼父母时加“俺”，但兄弟姐妹之间互相提起父母时就会带上“咱”，以示这父母是你我共有的。可我妹竟然在和我们提起父母时，还是说“俺妈妈”“俺大大（dǎ）”，连“咱”也不说，直接独占了！

一个暑假的傍晚，我和妈妈正在烧汤，忽然看见在锅屋门口玩耍的九岁的妹妹对着大门的方向跳起自编的鬼舞，边大幅度跳跃边怪腔怪调地唱着：“俺老大（dā），俺老大（dā）……”

妈妈见状，问：“恁大大（dǎ）回来了吗？”

我不屑地说：“怎么可能？你看她那没个正经的样子，肯定是在骗人。”

谁知，下一秒，“俺老大（dā）”就笑着出现在了锅屋门口，一边笑一边嗔怪妹妹：“你这个闺女，真是能气死个人！”

可那表情，那口气，哪里有半点“气”？明明是幸福！

第二辑

趣味恩仇在心间

洋气的道歉

不知哪位老人家说过，人之所以有烦恼，是因为记性太好。

的确如此。

总有同学反馈说，我文中的回忆，有许多他们自己都不记得了，再看时会唤醒当年的记忆，新鲜又感慨。

我总一本正经地解释说，记性好，是作家的必备特质。因为，每个作家，其实都是在写自己深知的东西。如果忘性大，如何穿越回去打捞那些陈年往事？

但记性好本身，确实也是烦恼之源。因为，记忆的深浅是有选择的。感情冲击力越大，记忆就越深刻。而那些感情冲击力强的，要么是大喜，要么是大悲。

大喜还好说，哪怕有人嫉妒，表面上也要装作高兴的样子，基本上能达到普“天”同庆、皆大欢喜的效果。

大悲就五味杂陈了，尤其是这悲中还夹杂着仇。

每个作家，都有一个记仇本。

其实，说开了，每个人都有记仇本。只不过，作家的记仇本，可能具有杀伤力。

一般人记的仇，要么偷偷报了，要么默默忍了，要么内心诅咒了。作家记的仇，极有可能被落纸为证。听说陈世美这个家伙，就是因为自己发达后，拒绝了一位前来投靠的老乡的无理要求，被这个颇有才华的老乡塑造成了一个娶了王家公主杀发妻亲子的反面典型，给写进了剧本里，演了数百年。

比如我吧，如果我也能勉强称得上作家的话。我从小就很记仇，也可能我只是天生记性好，只不过“仇”因其痛苦的特性被记得更牢而已。

我的记仇本如果公布出来，估计也能成一本大书。书名就叫《记仇本》，一定很值得期待，相当迎合人类的八卦心理。

我记的第一笔仇，仇人是俺大叔，也就是俺大大①的大弟弟。

小时候，父母做生意，整天早出晚归，我这个小可怜经常体味等到深夜、“望眼欲穿”的感觉。

相当长一段时间，父母做的是钢材生意。平时去淮北东乡里起②钢材，可能要两三天才能回来。每逢阴历三六八，是约定俗成的茴村会。每逢茴村会去零售钢材，则要在凌晨两三点就起床出发，早早赶到会上，占据有利摊位。前一天晚上，父母会把我送到老奶奶③家，以保证我能睡个好觉，第二天能吃到正常的一日三餐。

当时的哥哥，应该是已经上了初中，住校。姐姐长大了，上学之外，能自己凑合做饭吃。只有我是学龄前儿童，需要人照顾。可我不想得到这样的照顾。每次大晚上被送去老奶奶家的路上，我都一千个不情愿，心里很难过。我想待在自己家，我不怕早上父母起床把我吵醒，我也不怕自己一

---

① 大大：流行于20世纪80年代豫东农村方言，指爸爸。

② 起：永城方言，购进、批发。

③ 老奶奶：永城方言，太奶奶，也即父亲的奶奶。

个人待一个白天，只要留个馒头我就能当午饭吃。而且，我从来也没有觉得自己小。我觉得我完全可以自己烧锅做饭，根本不用“寄人篱下”。但除了我以外，没人这么想。所以，我哪怕有万般委屈，也要在逢会的前一天晚上去老奶奶家。

那天晚上，吃了饭，妈妈派姐姐送我去老奶奶家。我真羡慕姐姐，她就不用和老奶奶睡一个被窝，还能自己做饭吃。

老奶奶没有单独的院子，而是住在大叔家的院子里。大叔家院子最西头的一间屋子是老奶奶的，屋子对面还有一个小锅屋供老奶奶做饭。所以，说是去老奶奶家，实际上是去俺大叔家。

到了大叔的院子，姐姐把我交给老奶奶，就自己回去了。当时还不到睡觉时间，我就和大叔家的堂妹看看一起在院子里玩捉迷藏。

玩着玩着，在追逐的过程中，看看怕被我抓住，一边笑着向前跑，一边回头看我，脚下不知绊住了什么，就摔倒在了地上。

她一趴到地上就哇哇大哭，我吓坏了。

接着，大叔就开始黑唬①我。他非说是我推倒了看看。我说我没有推她，她是自己绊倒的。大叔不相信，他瞪着铜铃一样的眼睛盯着我，那一定就是传说中的怒目圆睁了。他说我明明推倒了看看，还不承认，真是个坏孩子。

大婶子还是非常明事理的，虽然平时在大叔面前不当家，她还是轻声说：“你又没看见瞧瞧推看看……”

---

① 黑唬：永城方言，威胁、恐吓。

大叔把圆睁的双眼转向了大婶子，大婶子就不敢吭声了。

我觉得委屈极了，也难过极了。我明明没有推看看，为什么非得让我承认呢？我就是不承认，开始用沉默对抗。

我就这样沉默着，沉默着。后来，大叔可能也觉得无趣，就忙自己的去了。我一个人走出门，走出院子，在黑夜里，沿着来路，飞快地跑回了家。

我拍着已经锁上的院门，生怕父母已经睡着了，会听不见。我听到妈妈说，好像有人叫门。父亲说，这么晚了哪有人叫门？你一定是听错了。

我吓坏了，更拼命地拍门。这下，父母都听到了。

妈妈把门打开，说瞧瞧咋回来了？我一下扑到妈妈怀里，放声大哭。

真奇怪，当我被大叔“审问”时，受那么大的委屈也没有哭，当我在黑暗的恐惧中奔向家门时，那么害怕也没有哭，可是，当我扑进妈妈的怀里，她仅仅问了一句，我就再也忍不住，眼泪像决堤的洪水，流成了一条河。

到了堂屋，在温暖的灯光下，我抽抽搭搭地把在大叔家遭遇的不公平待遇详细地讲给父母听。妈妈安慰我说，大叔不该这样，俺瞧瞧都说没有推妹妹了，怎么还要冤枉我们？

父亲说，既然回来了，就在家睡吧，明天跟着一起去会上。我一听，不光不用回大叔家，还可以去赶会，真是太开心了！

我刚在妈妈铺好的被窝里躺下，就听见老奶奶遥远的呼唤，她一定是临睡前发现我不见了，所以高声喊我。

妈妈也听见了，她走到院子里，隔空回答老奶奶，说瞧瞧回家了，不用喊了，早点睡吧。

就这样，我美滋滋地睡在妈妈怀抱里，觉得受的这点委屈可真值！

没睡多久，天还黑乎乎的，父母就收拾好了架子车，把褥子、被子铺在钢材上，把我放在被窝里。我就这样乘着驴拉的棉花式“软卧”跟着父母来到了苗村会上。

大叔四叔爷爷也都到了。他们一起讨论着这个车上的碍事小孩，父亲轻描淡写地说明缘由。

大叔走到车前，伸手掀我的被子，我忙捂紧了，不理他。

大叔笑着说：“瞧瞧，我冤枉你了，对不起啊。”大人们都笑成一片，我则把头埋在被窝里，坚决不肯原谅他。

这是我平生第一次听到“对不起”，俺们农村人在那个年代很少用这样文雅的道歉词，大叔当过兵，这样洋气的道歉一定是他从见过的大世面里学来的。

我觉得自己受到了一次高规格礼遇。

尿床肇事者

大概是在儿子八岁的时候，有一天早上，我正在洗漱，他忽然匆匆跑进卫生间。解决完势不可挡的新陈代谢问题后，他扭捏着、哼唧着，极不好意思地说：“妈妈，我不是故意的，我梦见自己去卫生间尿水，结果一尿我就醒了，发现不是卫生间，而是在床上……”

我笑了：“没事，被子湿了没有？”

他长长地松了一口气，说小内内湿了，被子湿了一点点。

我去检查床铺，发现被子果然湿了一小块，但床单是干的。“妈妈，你帮我把被罩被子洗了吧？谢谢你！”他钻进新换的被子里，露出个乖乖的小脑袋，客气地请求道。

意识到儿子害羞的心态，我忙淡然道：“你现在还是个小孩呢，尿个床算什么？有的大人梦里见到了厕所，还会尿床呢。”

他果然放松了：“啊？真的？大人还会尿床？”

当然啦！于是，我给他举了个例子。

这个例子，在我的记仇本上，是重重的一笔。

多年前的那个晚上，学龄前的我尚在睡梦中，忽然被一双粗暴的大手拎出了温暖的被窝，扔在了床边的地上。

我被突如其来的变故吓得哇哇大哭，眼泪像骤降的暴雨。透过蒙眬的泪眼，看到的是奶奶声色俱厉的模样，她在控诉我的“罪行”。

请原谅，我一句也没记住。只知道自己被安上了“尿床”的罪名，因此受到了被扔地下的惩罚，外加一顿劈头盖脸的数落。

这场午夜惊魂，让我至今想来仍然恐惧。我不知道自己为什么会出现在奶奶的床上，因为我们从小并不是被奶奶带大的。奶奶有自己的孩子要带，平日里对我们几乎是不过问的。那一定是个特殊的夜晚，可能是父母都出于某种原因不在家，所以临时委托奶奶照顾我。但当时的我，对于个中原因，毫无所知。

然而，事情并没有过去。

不知过了多久，有一天，我和一帮小伙伴在一起玩，奶奶和一帮老太太在院门口边做针线活边拉呱①。

忽然，专心致志玩耍的我，从奶奶的讲述中敏锐地捕捉到了与自己有关的信息，便竖起耳朵听。

奶奶对她的老姐妹们讲起了一件很荒唐可笑的事。她说，有一天因为白天干活太累，睡到半夜竟然尿床了。

对刚刚经历过一场惊悚的尿床事件的我来说，“尿床”这两个字太吸引注意力啦。什么？大人也会尿床？而且这个大人，还是我那神圣不可侵犯的奶奶？这条当事人自曝的八卦瞬间抓住了我幼小的心。

奶奶在一帮妇女的笑声中讲得绘声绘色。她说那天她搂着瞧瞧睡到半夜，忽然梦见自己在地里干活，非常想去厕所，找了半天，找了一个没人的隐蔽地方，就开始解手。解

---

① 拉呱：永城方言，聊天。

着解着觉得不对劲，醒了，发现被窝是湿的。她的第一反应就是睡在一旁的孙女尿床了，不禁怒从中来，一把将孙女拎起来扔到了地上。

等她训斥完孙女，发现不对，重新检查被窝，发现不是孙女尿床了，是自己尿床了。瞧瞧睡的那边是干的，裤子也是干的，仅仅靠近她这边的裤腿外面是湿的。

种种证据表明，这个“尿床肇事者”是奶奶，而孙女，也就是我，被冤枉了。

奶奶这才回想起差点忘掉的那个找厕所未遂，决定在野地里解手的梦。她知道，她在梦里尿了床。

一帮奶奶辈的妇女都前俯后仰地哄笑起来。

奶奶这个裁判，对于已被澄清的事实，既没有反省，更没有道歉，而只是作为一个笑话，讲出来取悦闺蜜，完全忽视了我幼小心灵受到的巨大伤害。

作为一个窃听者兼受害者，得知自己无缘无故被“贼喊捉贼”了，却碍于奶奶的身份和面子，只敢呆立原处，装作不知道真相的样子。

这段陈年旧事，让儿子听得咯咯笑。

这仇，注定报不了。

当我向朋友说起这件事，朋友说：“你真是个好妈妈。”

我不明所以。帮年幼的儿子洗件尿了的床品，就能称得上“好妈妈”了？这难道不是做母亲的分内之事吗？

她说我表扬的不是你的勤劳，而是你的态度。得知儿子尿了床，既没有打他也没有骂他，还找出大人尿床的例子来宽慰他，对孩子来说，这是很重要的。

她提起自己小时候，不小心尿了床，妈妈会不由分说先照屁股上来两巴掌，把她吓得后来尿床了也不敢说，只能自己把尿暖干。不过还是会被发现，因为床上有“地图”的痕迹。

我说孩子尿床又不是故意的，为什么要责备呢？万一责备出心理阴影来，尿一辈子床，可就大发了。

瓜

夏末，午后，堂屋里，母亲正在为我掏耳朵。

我喜欢这样的时光。阳光虽然暴烈，却照不进屋里。母亲坐在小椅子上，我坐在比小椅子更矮的小凳子上。我侧身俯在母亲的双膝上，母亲用火柴头为我掏耳朵。

正当母亲就着西斜的阳光为我掏耳朵时，这种平静的温馨被一声衰老的喊叫打破了。

“朱子姐，朱子姐——”

朱子姐是我妈妈。妈妈姓朱，嫁给了姓赵的爸爸。在妈妈的娘家寇花园，她被称为“老赵”，在夫家单杨庄，她则被称为“朱子姐”。

听到喊声，妈妈带我来到院子里。

当时我家刚搬到村西头没多久，房子落成了，院墙的石基也砌好了，但砖墙尚未建起来。所以，如果有人路过我家，就可以隔着一米高的石基打招呼，而不必有院墙的遮挡。

那一天，当我和妈妈循声来到院子里，就看到可可和他爷爷正趴在石基上。他爷爷笑眯眯地望着我和妈妈，可可则满脸胆怯地站在他爷爷身后，探出头来盯着我和妈妈以外的地方。

看着这个爷爷过分热情的笑脸和可可难以描述的表情，我有种不好的预感。

妈妈也露出了更为热情的笑脸："俺大爷，恁有啥事？"

可可爷爷说："我带可可从庄里[1]过来，走到恁家的瓜地，可可一眼看中了这个大瓜。"他说着，就把可可从身后揪出来，"可可想要。我说，想要就摘！摘了，我去找您大娘说，就说是我宝贝孙子想要！"

妈妈一听，笑得更热情了："哦，是这个瓜啊。我家瞧瞧最宝贝这个瓜，一直不舍得摘，想让它长大，看能长多大！"

我盯着可可，盯着他怀里抱着的那个像黄瓜一样长、像手臂一样粗的翠绿翠绿的瓜，如五雷轰顶。

那是我的瓜！

我们家里，因为父母常年做生意，根本没时间管地，平时只草草种上庄稼。只有这一年，难得地种了几垄瓜，有甜瓜有青瓜。甜瓜结出来是苦的，要等到秋天成熟时才变甜。青瓜就不一样了，结出来就可以吃，清脆可口，只是永远不会变甜。

我看上了一只长得很长的青瓜，因为我喜欢，妈妈一直没摘，由着我的性子，让这只瓜野蛮生长，看最终能长多长。

可是，这个可可，竟然偷我的瓜！而他的爷爷，还如此理直气壮，偷了我们的瓜还跑到家里来示威！

听到妈妈如此说，我还以为妈妈会帮我要回来。可是可可的爷爷说："我说，不就是一个瓜嘛，我孙子喜欢，就摘了。瞧瞧以后再要别的瓜，地里多着呢！"

---

① 庄里：永城方言，村子深处。

妈妈只好赔着笑，继续表达着我对这只独一无二的青瓜的迷恋，大概是希望可可的爷爷良心发现，主动把瓜还回来。

可是可可的爷爷丝毫没有这种意思，一再强调他的孙子“宝贝”，强调地里还有很多瓜，瞧瞧可以再去摘别的……

我恨他们。你的孙子宝贝，我妈妈的闺女就不宝贝啦？

地里还有很多瓜，那是我家的地，也是我家的瓜，我喜欢的就是这个被你们抢走的瓜，不是别的瓜！

你们怎么不到你们地里去摘别的瓜！

但我不敢说。我知道，当妈妈在的时候，应该由妈妈来说话。

妈妈也是不高兴的，但可可的爷爷是长辈，妈妈不能因为一个瓜去忤逆长辈。既然这个长辈打定主意不要脸了，她也只能和孩子一起吃了这个哑巴亏。

最终，可可带着胜利的得逞的笑，抱着我的青瓜，跟着“宝贝”他的爷爷扬长而去。妈妈还在后面喊着：“恁不进家喝口茶了吗大爷？”

可可的爷爷摆摆手说：“不了！”

我知道，他不敢来喝茶。他怕我再要回了我的宝贝青瓜。

回到堂屋，我哭了一大场。妈妈也唉声叹气。一个瓜本没什么，关键那是我的宝贝。

晚餐桌上，一家五口聚齐，听妈妈说起这只青瓜，父亲说：“你看看你看看，我就说吧，你应该早点把它摘回家。你天天看天天看也舍不得摘，光想让它长大，现在可好，让别人摘走了。”

哥哥不高兴，说妈妈应该把瓜要回来。如果当时他在家，他一定会夺回来。父亲马上制止："说啥憨话？可可的爷爷，你们也得叫爷爷，一个瓜，咱自己不摘，人家摘去了，咋能要回来？"

我的宝贝青瓜就这样被可可摘走了。现在想来，我恨自己的懦弱和懂事，如果当时我真的冲上去哭喊着抢回我的青瓜，他爷爷也没办法。

毕竟，我只是个小孩子。

可当时，整天被父母教育要听话、要懂事、要尊老爱幼的我，从来没有意识到，自己是个孩子。

原来，懂事是要吃亏的。

“地牛”去哪了？

永飞的地牛（dí niu）丢了，他一口咬定是我偷走的。

我不承认，但事实上我知道在哪里。我明明看到他的地牛旋转着钻到了软床下。

可是我不想告诉他，我烦他。

永飞是我表弟，比我小四岁，被惯得无法无天。寄居在舅舅家上小学的我，当仁不让承担起受欺凌的神圣使命。

“地牛”，就是陀螺，一头是木头削成的圆柱体，另一头则是圆锥形，最尖处镶一颗圆滚滚的钢珠。放地上，用小鞭子抽着，转得快得能晃出无数幻影来。

那是男孩子的玩具，我没有。

小时候，在自己家里，我是宝贝疙瘩；而在舅舅家里，我就变成了受气包。所以，我从小就体验了在人屋檐下不得不低头的生存哲理。这，也可能是我一生讨厌变化、不爱旅游的深层次原因，在新的环境，在别人的地盘上，我不自在，我无法预知自己将遭遇什么。

这一天，似乎是个夏天，永飞拿着小鞭子抽地牛。他的技术不精湛，偶尔有一次瞎猫碰上死老鼠，地牛竟然真转起来了，他就无比神气。一旦地牛转速变慢，随时面临倒地的可能，他就会紧张地大叫：“灭了灭了灭了……”

每当这时，我就想笑。我们那里，玩游戏失败了，通常说“毁了毁了”，而永飞却说“灭了灭了”，好像那地牛是盏灯似的。

这一次，他就是不小心用了太大的力气，把地牛给抽跑了，跑到了软床下。

他故技重演，凡是找不到的东西，都栽赃到我头上。

我知道地牛在哪，可我就是不告诉他。

他说你要是没偷，你就得给我找着。如果找不着，那就是你偷了。

我说我没偷，我也找不着。

他扬着小鞭子，狞笑着，说，如果你不给我找着，我就打你。

没错，是“狞笑”。不要说什么小孩子都是天真无邪的，事实告诉我，小孩子邪恶起来，就会狞笑，而且这狞笑更瘆人。

我怕他打我。不是因为我打不过他，而是因为我不能打他。妈妈告诉我，我大，要让着表弟。在人家家里，又是宝贝蛋，我怎么可能和他对打？

大人都不在，我们就这样对峙着。他坚持说是我偷的，除非我能找着。我坚持不承认偷，也不愿意找。他比我更有底气，因为这是他的家，因为我从来不敢打他，所以他还有“打我”这一招。

最后，他急了，脸红得像点了胭脂。红着脸的他竟然真的挥着原本用于打地牛的鞭子向我挥来。

我一把抓住了挥过来的鞭子。

我妥协了。我说你自己到床底下去找。

当时我们就站在软床边。

他一听，就得意地笑了。

他很轻松地从床底下找到了地牛，脸上带着如愿以偿的兴奋。

他没有谢我，他怎么可能会在自己家的地盘上对这个天天受他气的表姐说“谢谢”？也没有人教过他这么做。

我证明了自己不是小偷，也证明了他冤枉我。我问：“是不是只要你找不到你的地牛，就会赖我？”

他说：“那当然！”

他在欺负我，他坏，他自己是很清楚的，也愿意承认。

在他的视角，你在我家，就活该被我欺负。

这笔仇，我虽然一直没忘，却从未想到，今天诉诸笔端时，竟然能唤醒海一样的委屈。

为人父母，无论出于什么原因，无论多么想对孩子好，也不要把孩子放在别人家。你不知道那个小人儿在你看不见的时候，经受了多少“小”事。

对孩子最大的爱，就是给他一个父母守护的童年。

石猴子

妈妈不知道，我从小就最怕听她向人讲起我的一段“糗事”。

那是我上小学之前，据说我们家刚搬到村西头的新房。我有四五岁的样子。

“瞧瞧从小就是个实心眼的孩子。”妈妈一般这样开头，“我一想起那件事，就心疼得难受……”

每每听到母亲说到这里，我的心马上就揪了起来，默默祈祷着：“好了好了，别说了，求求你别说了，妈妈，娘，娘亲，母后……”但我的心理活动从未变成真正阻止母亲说下去的实际行动，于是在一种面红耳赤、暗骂自己蠢的状态中讪笑着听完整个故事，再体会一遍类似妈妈那样的“心疼得难受”。

“那时候她还小，就四五岁，俺家刚搬到西头住没多久。”母亲先交代时间、地点、人物，我就脑补出了当时的画面。

那一定是个夏天，炎热至极，而我们新栽的树都还没长起来，一棵白杨树苗能带给人的阴凉地就只容一个人紧贴树站着一动不动。我，母亲口中的“瞧瞧”，在那时还是一个开朗的、很爱说话的孩子。由于搬到了新家，离村子原来的聚居地就有些远了，附近尚没有前挨后跟的邻居，所以爱说话的我最喜欢的事情就是坐在院子门口，等待与任何一个路过的人打招呼。那该是一个多么孤独的孩子啊。在对世界最好奇的年龄里，远离玩伴，只能随机地与任意一个要去下地的村里人聊天，问答也不过是——

“您弄啥去？”

“下地。”

“喝口茶再去吧？”

“不了，不渴。”

“那您下地回来在俺家驻下吧，俺妈妈炒肉给您吃。”

“好，真热好[①]！”

就是这样例行的一问一答，忙碌的大人必然走远了，这个“热好”的孩子，望着远去的背影，脸上还挂着未收回的笑。

有时可能母亲也恰好出门来，顺便也招呼一下，路过的人便会向母亲夸一下这个爱说话的孩子，那么懂事，那么热情，“真热好”！

难以想象吧？日后被贴上内向标签的我，也曾在人之初“热好”过。

我招呼人的这一套说辞，毫无疑问是跟大人学的。“喝茶”，并不真的是指喝茶，而是喝白开水，我们那里管白开水叫“茶”。茶叶是稀缺的东西，即使偶尔过节时出现，也是装在一个硬塑料袋里的一片一片的大叶子。以至于我长大成人后，看到各种各样的搓成团、捻成卷或压成饼的茶叶时，完全颠覆了记忆中茶叶“粗枝大叶”的模样。成长与见识，让认知变了样。

---

① 热好：永城方言，热情。

而我继续招呼别人下地回来在我家“驻下”，则是容易引起外乡人困惑的一种说法。初听“驻下”，容易误听为“住下”，被误以为要来人留宿，这“热好”得确实有些过头了，随便一个什么人，就留宿，不是太过分了吗？

事实上，我口中的“驻下”，不过是“吃顿饭”的意思。不明白为什么方言里会把吃饭说成“驻下”，但当时的大人孩子都不觉得有什么不妥的，该留留，该拒拒，不过是种客套。也曾见母亲有时遇上路过的娘家村里的人，非得扯着胳膊让人“驻下”的真心实意的邀请，但真正“驻下”的，少之又少。

不过这“驻下”，确实是闹过笑话的。话说我哥大学毕业后在商丘工作，有同事朋友来家里玩，告别时，哥哥照例挽留一下，“别走了，今天就在我家驻下吧”。把来人吓了一大跳，瞠目结舌之余，简直落荒而逃。后来熟悉了，方才在沟通中明白，“驻下”不过是个误会。人家一听要求“住下”，觉得自己这趟随意的造访惹下祸了，不过是串个门，何至于要“住下”？

所以，方言这东西，是会闹大笑话的。

话题回到若干年前的那个夏天，镜头对准那个坐在家门口的小小的女孩子。这一天她特别高兴，因为她手里有一个苹果。那是一个不起眼的青苹果，在她的眼里却已是很别致的礼物了。不知道那是父亲从会①上给她买来的，还是哪个亲戚送的，无论在母亲还是她的记忆里，都找不到苹果的确

① 会：永城方言，指集市。

切来源。

她是一个大方的孩子，也有可能她是用她的大方试图吸引一个化解她孤独的人，这个人可能是大人也可能是孩子，谁打破了宁静，谁就是她的快乐之源。

她一直舍不得吃这个珍贵的青苹果，因为这个苹果让她和平日不太一样了。一年里，能有几个日子，她手里会有一个青苹果呢？

就在这时，爱民叔从门前路过。爱民叔虽然是叔叔，也不过大我六七岁而已，以我当时的年龄推断，他也不过就是十一岁左右。

这一天的谈话内容因为一个苹果而起了变化，在院子里压水的母亲目睹了整个过程。她的“瞧瞧”欢快地打着招呼：“爱民叔，你弄啥去？”

爱民叔说：“我下地薅草去。”是的，他肩上还背着一个粪箕子[①]呢，薅来的草一定是装在那里面，背回家可以铡了喂牛。

“喝口茶再去吧？”

“不喝了，不渴。”

她像是来不及更多地思考了，伸手亮出了那个青苹果：“爱民叔，我这有个苹果，给你吃吧。”

她那么热情大方，是不是有可能只是为了多一个话题来留住爱民叔多停一会？这一点也无法考证了。总之，母亲看到她的小女儿把一直拿在手里不舍得吃的苹果爽快地递给了

---

① 粪箕子：永城方言，指一种藤条编成的筐，可背可挎，农民用于盛放草、粪或短小的农具。

爱民叔。

如果是个大人，一定会谢绝瞧瞧的好意，还会夸一下她的大方，他们会说："真不馊[1]！"可爱民叔不过是个比我大些的孩子，在那个年代里，水果是新鲜东西，农村孩子可能一年也见不到一个苹果。所以，面对我的热情，他眼馋地看着那个小小的青苹果。

他伸出手来，他接了过去，他没有说不吃，他也没有说要和我分着吃，他直接转过身，背着他用来盛草的粪箕子，边走边大口咬起了苹果……

妈妈说，瞧瞧愣住了，还伸着那小细胳膊不动，手上却是空的了。"我啥时候想起来啥时候心疼，她该多么宝贝那个苹果啊，自己拿了半天也没舍得咬一口，可是整个苹果一下子都送给爱民了。这个傻丫头啊，从小到大也改不了这个毛病，一旦对谁好起来就不给自己留一点退路。你说当时你就是让他咬一口也行，怎么就把整个苹果全给了人？不过这也不怪她，她没想到他会真接着。也不能怪爱民，爱民也还小呢，小孩子哪有不嘴馋的？"母亲落下泪来，虽然她数了一圈不能怪任何人，还是会慨叹一番，"你说瞧瞧咋就是这样的石猴子[2]呢？心里再难受，也愿意把自己最好的东西送给别人……"

我这时会在心里说："我不是石猴子。"

---

① 不馊：永城方言，指不抠门、很大方的意思。平时若是哪个小孩手里的东西不舍得分给人，就会被评价为"馊"，即吝啬、小气。

② 石猴子：永城方言，指性格老实的孩子。

我不喜欢这件往事。

但我的母亲忘不了这件往事。

我之所以不喜欢，与她之所以忘不了，都是出于同一个原因。那就是，我不得不接受这样一个现实，虽然经过了几十年的人间历练，我依旧还是一个不折不扣的石猴子。

小刺来了！

当山里的孩子害怕“狼来了”时，出生、成长于平原的我，怕的却是小刺。

那时的我没见过山，更不怕狼，狼是童话故事《小红帽》里的一种存在，小刺却是随时可能出现的。

杨庄大队包括两个相邻的村子，杨庄和王楼。小刺虽然家在王楼，却足以震慑到在相距不足一公里的杨庄的我。我清楚地记得，有一天我因某个无理的要求哭闹时，母亲忽然神情严肃又故作神秘地悄声说：“快别哭了！小刺来了！”我果然噤声，并不安地四处张望，想看看小刺从哪个方向走来，同时保证不让他看见我。

小刺，是我们村里的吃药医生①，掌管着大人孩子生病时的屁股待遇，是我等无民事行为能力人世界里噩梦般的存在。偏偏，他还叫“小刺”，一听就是个打针的！

那时候吊瓶尚属于高级的新鲜事物，农村的孩子生了病，如果吃不下药，最常见的就是在屁股上打一针。每当此时，必有大人到处捉小孩，连哄带骗，当孩子的则因预知了自己屁股必然被扎的命运而号哭不已，做顽强的、无谓的抵抗。最终的结果，孩子就像电视剧里的反派人物，从来没有

---

① 吃药医生：永城方言，指农村土生土长、只在当地行医的医生，按照当地的方言，把赤脚医生误读成“吃药医生”。

赢过，一定会被当妈的抱在怀里，按在大腿上，父亲会帮忙按住扑腾的手脚。

最没有尊严的时刻到了，母亲会扒开无助的孩子的裤子，稚嫩的屁股因恐惧而发抖。真的，你如果在屁股上挨过针，就一定体会过那种感觉，当针将要扎下来时，屁股上的那一块肉会变得独立，它似乎有了自己的大脑和心脏，会跳起来。

小刺左手拿一个白色的小药瓶，右手是带着尖尖针头的针管，他先往药瓶里冲进去一点液体，晃几下，把瓶中的粉末溶化，那透明的液体就变成了白色的混浊液。他用针头把混浊液抽进针管里，再竖起针管，针头向上，缓缓推动注射器，排出管中的空气，直至少量液体从针头流出，证明管中空气已排空，可以扎屁股了！

孩子杀猪般地尖叫、哭喊，父母和小刺却都硬着心肠，任由那针刺破嫩嫩的皮肤，任由那针管中的药液缓缓被推进孩子的体内。

当孩子的，只觉得这个过程无比漫长，像是过了几个世纪，同时祈祷小刺推快一些，再快一些，赶紧拔出该死的针头。可是小刺就是那么慢悠悠的，据说推得太快了会更疼。

针终于打完了，从医生到父母到孩子，全都松了一口气。父母会问多少钱，小刺会推辞说钱啥钱，都是街坊邻居的。父母坚决不同意，说："那哪行？要是不收钱，以后就不找你了……"好像找人打针是人家的荣幸似的！

我是多么希望小刺和父母因钱的问题打一架，从此，母亲再不会叫可怕的小刺前来扎我可怜的屁股了。可是这愿望从没实现过。礼节般的客套后，小刺会报出一个钱数来，母亲试探性地说："怕不够吧？不能让你赔本啊。"小刺连连说不会不会，接下来就收钱了，父母再留小刺喝茶，聊半天的家长里短……整个过程，就像是一场走亲戚式的交际活动，完全无视依然在一边抽泣的孩子……

永远难忘的一次挨针，发生在四五岁时。因为农村没有幼儿园，我在上小学以前就是天天在村里疯跑。这一天，正和杨娟、海燕疯玩的我，被母亲喊回了家。

说来很有意思，在那个没有电话、手机的年月，母亲找回在外面玩的孩子的方式，就是走出门大喊名字，边喊边沿着主街道前进，直到听到回应。无论我在哪里玩，都能听到母亲喊出的我的名字。每一个当妈的，都是大嗓门。

那几天我生病了，也不记得是生了什么病，头一天刚被强行打过针，左边屁股还隐隐作痛。所以玩得兴高采烈的我一进院子，看到小刺笑眯眯坐在堂屋的桌边和父亲聊天，就知道上当了。

我早应该明白，这不是饭点，母亲喊我回家不是吃饭的，是骗我回来打针的。可是我怎么可能逃得脱呢？

作为主角，我一出现，就被所有的大人给盯上了。小刺开始准备药，母亲捉住我，父亲帮忙把我按在妈妈的腿上。

我在挣扎。

小刺忽然问："昨天打的哪边屁股？"

父母一片茫然，说："忘了。"

母亲忙问我："昨天打的哪边屁股？"

我一想，看来屁股上打针也是两边轮流的，他们不知道昨天打的哪边屁股，那他们就不敢随便打，万一打的还是昨天的屁股呢？如果我不说，也许就不用打针了。所以，即使母亲焦急地问，我像英雄刘胡兰一样，就是不说。

本来以为可以逃过一劫，没想到小刺说："那就随便打吧。"说着，就要扎我的左边屁股。

他们不知道昨天打的哪边，可我知道呀，既然必须要打，我当然不希望打错。所以，我立刻大叫了起来："这边昨天打过了！"

大人们笑了起来。就这样，可怜的右边屁股不可避免地挨了一针。

我恨小刺！

指爱为傻

小时候，妈妈总会让我们干些力所能及的家务活。比如到了饭点，我们兄妹三个拿筷子的拿筷子，抱馍筐的抱馍筐，端碗的端碗……这些饭前准备工作，一般都是一次性的，只有盛碗，是个可能往返多次的活。

豫东农村的人们喜欢喝汤喝粥，我们把汤汤水水的食物称为“糊涂”，其实就是稀饭。大米小米麦仁都是可以熬稀饭的原材料，滚了锅，搅上和开的面水，就变成了“糊涂”，依家庭口味，可稀可稠。这糊涂是伴着馍、菜喝的，喝完一碗，要跑到厨房里盛第二碗，也可能再三再四，很少有人只喝一碗的。

一般而言，第一碗糊涂，是做饭的妈妈来盛，我们来端。

从第二碗开始，作为孩子，各盛各的，谁喝完了还想喝，就自己去锅屋里盛，稀稠、多少自己掌握。但是父母长辈的碗，一旦空了，做小辈的，要有点眼色，及时接过碗，帮忙盛饭。父母接过儿女盛的饭，也会喜上眉梢，认为这就是个孝顺孩子了。

家里我最小，也最爱表现孝顺和勤快，所以盛碗这活，一般都会被我抢到。

从礼仪上来讲，当老小的，不光要帮大人盛碗，还要帮哥哥姐姐盛碗，不过因为都是平辈，哥哥姐姐也能自理，也不强制要求弟弟妹妹代劳。

有一年暑假，哥哥吃饭时有些懒了，让我帮忙盛碗，为了激励我，他顺嘴说了一句："你要一直帮我盛碗，开学时我送你个礼物。"

那个年代，人们普遍都不富裕，能顿顿吃好面已经是莫大的福分，除了逢年过节，谁见过礼物这种东西？而且冠以"礼物"之名，听来神秘又高大上。

其实我很想问问是什么礼物，但是哥哥不明说，我这个懂事又知趣的孩子也不便问，就乐呵呵地去盛碗了。

我从小深得哥哥宠爱，所以对哥哥的话也极为听从。即使没有礼物，我也是非常乐意为哥哥打各种杂的。在我的眼里，我哥就是天底下最帅气最聪明最有学问的男神，能为哥哥盛碗，是我的荣幸，何况还有礼物？

我怀着对神秘礼物的憧憬，乐颠颠给哥哥盛了一暑假的碗。开学前一天，哥哥把我叫到他屋里，递给我一个红色软皮笔记本，说这就是他送给我的礼物。

说实话，这个笔记本作为礼物挺让我失望的。虽然软皮笔记本比我们上学用的作业本高级，但实在太对不起我对"礼物"的期待了，缺乏神秘感。

但我还是欣然接受。一个懂事的孩子是不应该挑礼的。

让我万万没想到的是，这件事，竟然成了家人和亲戚们的笑柄。

我不止一次听家人当笑话讲，说瞧瞧给他哥盛了一假期的碗，结果就换来了一个小笔记本。于是听的人会哄笑，那笑分明是嘲笑，是一种特殊的语言，那语言在说："一个暑假的劳动交换一个笔记本，实在太不划算了，真是个傻孩子。”

每次听到这个笑话，我都会伤心很久。

更过分的是，有一次我哥竟然也拿这事当笑话讲给别人听，我的心彻底碎了。

我不知道我傻在哪里。明明是因为敬爱我哥，所以心甘情愿帮他盛饭，怎么就变成了我用盛饭的劳动交换笔记本呢？

即使没有笔记本我也一样会帮他盛碗的，因为我爱我哥哥。

但为什么大人们没有看到我对哥哥的爱，反而只看到我在这一不等价交换中的傻？我没想过这是一种交换啊！

我从未辩解，却委屈至今。

爱走亲戚的孩子

大年初一，清冷，妈妈张罗着让哥哥驮着篮子到徐庄去拜年。

徐庄在十公里外的陈集，是我老老爷①的出生地，在那里，还有他的一个姓陈的兄弟。因为我的老老爷在父亲出生之前就已去世，所以我们称他在徐庄的那个兄弟为老老爷。所以，徐庄是我们血脉意义上的老家。既然是老家，就要第一时间去拜年，所以，这一年，父母派哥哥去徐庄走亲戚。

我穿着妈妈专门为我买的晃年新②，那是一件乳白色的毛毛褂，觉得自己漂亮极了。我一直跟着妈妈，我不说话，妈妈也知道，我想跟着哥哥一起去走亲戚。

小时候，当我不像现在这样内向和寡言少语时，我是一个爱旅行的孩子。所谓的旅行，不过是随父母哥姐离开土生土长的村子去其他地方，大多时候，是走亲戚。走亲戚，是一种土味的旅行，既可以见识另一片土地的风景，又可以展示一下自己的新衣服。

可是妈妈是最不喜欢带孩子走亲戚的，觉得自家孩子的不懂事会给亲戚带来麻烦。比如亲戚会送我好吃的好玩的，照我的本意，这类礼物肯定越多越好。可是母亲却和我不一

---

① 老老爷：永城方言，太爷爷，也就是父亲的爷爷。

② 晃年新：永城方言，专门为过年买的新衣服。

条心，她认为懂事的孩子应该学会拒绝。为了避免这种大人和孩子之间的思维冲突，妈妈就直接采取不带我们去的方式。

作为兄妹三人中最执着的一个，每逢妈妈出门，我总会哭闹着一定要同去。

有一次，妈妈去看望病人。我哪里知道看病人与一般的走亲戚不一样呢，反正我觉得只要出去就好玩。于是，妈妈骑着洋车子出门，我就在后面一直哭着喊着追。四叔新娶的四婶跟在后面，竟然撵不上我。就这样，我狂奔着撵骑着洋车子的妈妈，四婶狂奔着撵情急之下只穿了一只拖鞋的我，一直撵到北河桥上。

我到底还是撵上了妈妈。桥上，是三个累惨了的主角：被逼无奈、不得不下车的母亲，万般委屈、哭泣不止的我，气喘吁吁、花枝乱颤的四婶。但结果，不是我如愿跟着妈妈去了，而是我的行为让母亲无法再去。

我可以想象，当时本来家人是不让我撵妈妈的，可我一定是挣脱了就跑，结果只穿了一只拖鞋，就追上了骑车的母亲。可见我想要出门的决心有多大！可见我从小就是个多么“有毅力”的孩子！

不禁失笑。

平时想跟大人出个门，简直比登天还难，但逢年过节就不一样了，走亲戚是每一个家庭成员的任务。不过，我仍然无法做到随心所欲地走亲戚，除了去姥娘家，其他的亲戚，大人还是尽量不带我，一度让我心生委屈。

这不，就在本文开头提到的那个大年初一，无论我如何央求，哥哥就是态度坚决，不愿意带我一起去徐庄。对于一个十几岁的男孩来说，出门带个四五岁的小妹妹，是件丢人的事情。他自己尚且是个孩子，如何承担再去照顾一个更小孩子的责任？

但我执意要去。软磨硬泡之下，我这个缠磨头①让妈妈也心软了。

万般无奈之下，哥哥说如果非要跟他去，就要交钱。妈妈让我拿五块钱带岁钱②给哥哥。可是，当我乐颠颠拿出宝贝的五块钱时，哥哥却坐地起价，要十块。

我得是个多么爱走亲戚的小孩啊，为了跟着去，竟然乖乖给了哥哥十块钱。那年月，十块钱很管用的，有的孩子过一个年都不一定能挣到这么多的压岁钱。

即使如此，哥哥还是不情不愿地骑着洋车子，驮着穿着毛毛褂的我，顶着冒寒气的太阳出发了。我对这件乳白色的毛毛褂记忆非常深刻，不知是不是因为那十块钱。

现在回想当年爱走亲戚的往事，揣摩孩子爱出门的心理，无外乎三个目的：一是喜欢别人夸自己漂亮、乖；二是想要让别人看看自己的新衣服；三是可以吃到平时难得一见的好吃的。而过年时收获就更大了，说不定还能挣到压岁钱。

记得那天，哥哥带我到了徐庄，照例有人夸我乖夸我俊，还有人给了我压岁钱。徐庄老家人的日子过得并不好，所以只给了我两块钱的压岁钱，而我却给了哥哥十块钱的路费，所以这一趟亲戚走下来，我折本③了。

---

① 缠磨头：永城方言，一意孤行、一根筋。

② 带岁钱：永城方言，压岁钱。

③ 折本：永城方言，读 shé，赔本。

敲骨吸髓的雨天

我记忆中第一次极有滋味的吃，与雨有关。

那一定是夏天的连阴天，一直下雨，却不觉得冷，只是潮湿，无法下地干活，男人们会一天到晚约着打麻将。男女平等尚且没有蔓延到乡村，女人无法参与娱乐，只沦为收拾家务、伺候一家老小吃喝的角色。

那时的我，一定在四岁以上，六岁以下。因为这次有滋味的吃发生在西头的新家，而新家是在我四岁时落成的；若满了六岁，我就是个小学生了。而当时的我，一定是无知的、天真的、不识字的样子，可见正处于学龄前。

在豫东平原，夏季的连阴天是很磨人的。那雨不知道下了多少日子，家里几乎连干的柴火也没了。锅屋里储藏的稻草和干棒、劈柴（劈柴，在通用的中文里是一个动词，在永城的农村，却是一个名字，柴被劈之后，自然成为劈柴）都渐渐少去。每到该做饭的时候，母亲就要去麦穰垛那里，从那个经年累月被掏出的豁口处，一直往里掏，掏出干的来，用于引火。麦穰垛早被无休止的绵绵夏雨淋透了好多层，但天无绝人之路，深处总还有干的在。而那雨，也一定会在各家都断了柴之前停下来。

我曾经最喜欢夏季的雨天，喜欢无所事事地在家里，最好是躺在被窝里，什么也不要想，还有母亲陪着。

但大人是忧愁的，愁着庄稼会不会涝死，愁着柴够不够烧，愁着生意何时能做起来。但这忧愁被大人们滴水不漏地承担完了，一点也没有分摊给孩子。

我很羡慕别的孩子，一下雨就出去乱跑。我家的家教很严，疯跑是不许的，何况下雨时，凉鞋容易被泥泞给吸掉底。别家的孩子不怕鞋坏，因为他们是不穿鞋的，天生具有光着脚走四方的本领。而我不行，父母不许我光脚走路，以至于我直到现在也不习惯光脚，即使夏天也要穿着袜子。

所以雨天的我，在孩子的世界里，有着我封闭的孤独。

但那一天，我是幸福的。

父亲一定去和叔叔大爷们打麻将去了，哥哥姐姐大概也找同学去玩了，总之，只有我和母亲在家。

门虚掩着，只听得雨声哗哗。在这样抑扬顿挫的雨声里，世界在我的记忆里竟是静寂的，很神奇的静寂。

我好像是刚从午睡中醒来，虽是白天，因为雨的缘故，天地间是昏暗的，屋里也并没有开灯。门后西边是擀面条用的老案板，母亲坐在案板前，围着她那款不知多少岁的深蓝色围裙，左手按着一小根骨头，右手扬起刀，用刀背把骨头砸开。骨头是凉的，砸开后可见暗红色的骨髓。这骨髓，是给我吃的。

此时的我，就坐在母亲的右手边，依偎着她，甚至还抱着她的右胳膊。这让母亲每次扬起又落下的手都有了负担，我的小脑袋就随着母亲的手上下晃动。母亲并没有因为我造成的负担而生气，她大概和我一样享受着这雨天母女之间的祥和与寂静。

不知道骨头是哪里来的，就那么一根根被母亲砸开，虽然砸的动作势必伴随着巨响，记忆却是无声的。

真香，真香，有油有盐有爱。

忽然，隐约有声音传来，那应该是推院门的声音。白天的农村，只要家里有人，是不兴①锁门的，亲戚邻居都可以直接推开来。

刚开始我们还不以为意，母亲以为是幻听，我则坚决不愿意听见可能打搅这幸福的声音，继续看母亲耐心地用刀背砸骨头。接着，却传来了胶鞋踏在泥水里的脚步声。那脚步声一声重似一声，向堂屋走近，穿透了雨声。

母亲擦了擦手，准备好了始终热情的笑脸，那人已推开堂屋门，大嗓门打着招呼："娘俩躲在屋里吃啥好吃滴来——"

接下来的寒暄和废话与我无关，有关吃骨髓的回忆戛然而止。学龄前的我，在那一瞬间，母亲站起来的瞬间，堂屋门被粗暴地推开的瞬间，觉得某种难得的宁静被无情地打破了。于是，我坚决拒绝记得此人出现后的所有情节。

多年以后，我无数次和母亲提起这段砸骨吮髓的美好回忆，母亲却全无印象了。

那骨头很小，到底是什么骨头呢？那骨头哪里来的呢？那来的人是谁？她走了以后，母亲有没有把剩下的骨头都砸开来喂我？一连串的疑问都成了永远的悬念，母亲不记得了，再也没人能给我解答。或许，那个不速之客会记得。

而我，却从刚开始就不愿意记得她。

这一切像是从来没发生过的一场梦，却无疑是我吃货人生中最珍贵的经验。

---

① 不兴：永城方言，不许，不流行，不应该，此处指不许。

夜　路

在张寨和311国道的路口下车的时候，已是暮色四合。

车是那种原始的、很破的、行驶起来一蹦一蹦的中巴汽车，从城里到茴村，票价是三块钱一位。

这种车，是不会把人送到家门口的，它在出了城之后，就沿着311国道一直走，沿途的人们，都是在离家近的路口下车。

我下车的这个路口，说是近，离家也有六七里路。同行的还有红喜，从初一起就是同学兼好朋友。我们俩沿着张寨村中的路一直向北走。

我忧心忡忡。因为往前走大概不到一里路，就有一个向西的很小的路口，红喜和我会在那里分别，她沿小路向西走就回到家了。而我，将要单独走剩下的五六里夜路。

我十六岁，读高中二年级。学校每两周才休息一天。所以，我们都想在周六下午的课结束后赶回家，再晚也要当天出发。如果第二天一早再走，回到家快中午了，下午吃了饭又得赶回来。

回家心切，到底是为什么？为了和亲人团聚，吃几顿好吃的，汇报一下学习近况？是的，这些原因都有，又都不是。大家心里都有一个心照不宣的理由：想妈妈。这没有什么好笑的，每个人，无论多大，哪怕自己也成了老人，只要母亲在，就是个孩子，有撒娇的理由、委屈的理由、幸福的理由。

我从小就过着颠沛流离的日子，在父母身边的时间少。所以最幸福的事情，就是周末或假期，跟在妈妈身后，她忙她的，我说我的。说我遇到的每一个人每一件事，讲我听过的故事，讲和同学们之间的鸡毛蒜皮。妈妈在院子里一会扫地一会喂鸡一会喂猪，她走到哪，我就跟到哪，我总有说不完的话，她一直是乐呵呵的听众，母女二人在一起的画面和谐极了。

妈妈说，哪个孩子小时候都这样，我哥也是像我一样，放了学跟在妈妈身后讲个不停，直到上了大学离开家，才没有机会了。

所以，很多时候，我们所谓的想家，就是想妈。这不是在搞父母歧视，而是因为在农村，父亲的角色往往是威严的少言寡语的，父亲不说话，我们都怕他。妈妈爱唠叨，也爱批评我们，可是我们都不怕她。对此，妈妈愤愤不平，认为儿女们都在护着父亲、欺负她，天地良心，这完全是误会呀！

这个寒冷的冬日周六的傍晚，刚下过冷雨，路很泥泞，到了晚上，温度降下来，地上的泥泞就会上冻，变成坚硬的冻土。但是这时天刚擦黑，泥泞只是泥泞，还没有冻上，我们只能拣车辙走，高高低低的，看不太分明，时常会踩进泥水里。

我一直在犹豫着要不要开口让红喜多陪我一会，走到前面一个更大的十字路口，但还是说不出嘴，觉得这是自私的要求。但是红喜就像是看穿了我的心思一样，主动提出再说会话，反正前面的路口也通向她家，不过要多绕点路。但绕的是大路，所以不怕。

“我怕谁？咱又不是吓大的!”红喜故作勇敢地说。

很快就到十字路口了。如果我和红喜一起向西拐，则很快就可以到姥娘家，不用走这么长的夜路了。但是我想回自己家，因为，我想见到妈妈。

根本没有犹豫的时间，天越来越黑，所以我横着心和红喜分手了，接下来还有四五里路要走。

天已经黑透了，我好害怕。我想到我那个平时不常见面的舅姥爷家就在这个十字路口。我和红喜分手后，就在心里盘算着，要不要去舅姥爷家借一辆自行车。我知道，父亲有时候会在他家里借车。

村口还有孩子在玩，我脸皮薄，不好意思自己直接去，就央求那几个孩子和我一起去。小孩子们倒都很热心，跑得比我还快，进了院子就对表婶子说，单杨庄的瞧瞧要借你们家的洋车子。

我听到表婶子说没有洋车子，心便凉了半截。这时，正在压水的表婶子抬起了头，看见了跟在孩子身后的我，忙热情地说：“瞧瞧来了啊，我还以为是小孩哄我玩呢。赶紧来一起吃饭吧。”

我知道这不过是客套，但还是觉得很温暖。我说我不吃饭，得赶紧回家去，再晚就更黑了。我，我想借你们家洋车子用用，明天早上就还回来。

表婶子还在客套，说这么晚了，吃了饭睡一觉，明天再走吧。她的热情的客套让我心里焦急得要命，时间一分一秒过去，越虚留就越晚。

我坚决地表示，不行，我今天必须到家，如果没有车子，那我就不停了，赶紧跑回家。她见状，只好推来了一辆二八自行车，交给我时还说："不然要你表叔送你回去吧。"

其实我心里很希望能有人送我，想到接下来漫长的夜路，心里觉得害怕极了。但是又不好意思，觉得借车子已经够麻烦人家了，于是嘴里说出的便成了："不用了，又不远，一会就到家了。"我多么希望表婶子的热情能持续下去，坚持要送我，那样我就能"勉为其难"地同意了。

但是没有，她送我出了门。

我一跨上车子，就飞快地沿着那条通向家门口的直路骑过去。路很颠簸，但恐惧让我一直不停地骑向前去，路上一个人都没有，我害怕得简直想哭。

但我知道，没有人更好。如果忽然出现一个人，说不定会把我吓得更惨。

经过庄稼地，经过魏老家，再经过庄稼地，就是我们的村子了。忽略风声，忽略夜晚不知名的声音，忽略地里的坟头，别怕别怕，闭着眼睛也要到家。多年以后陪儿子看《海绵宝宝》，一直忘不了他在学驾驶时念叨的："小心看着路，全世界只有路……"那正是我十六岁的那个夜晚的心情写照。

世界在我的面前是各种各样黑乎乎的影子，被黑暗包围的小小的我飞奔在回家路上。那时没有手机没有电话，家里人不知道我要回来。如果我在路上真的出了事，也就真的没救了。

回到那个夜晚，无论多害怕，我一定要到家，我要见到我的妈妈。在恐惧之中，时间过得尤其慢，路会变得尤其长，这害怕也变得无边无际。

但我一次都没有停。终于，远远地看见稀稀落落的灯光，自己的地盘近在咫尺，心才放下来。这个时候，希望和期盼，战胜了恐惧。

敲门，听到姐姐问是谁，我说是我。她打开门，吃惊极了：“你怎么大半夜地回来了？这是谁家的洋车子……”

我边回答姐姐的话，边放下车子冲向堂屋，只看到父亲坐在餐桌边剔牙，他也很吃惊我怎么这么晚还要回来。

我转过头去厨房，发现空无一人。

妈妈呢？我问。

姐姐说：“妈妈去姥娘家了，路不好，今天没回来。”

我回到堂屋，坐进门后的沙发里，一言不发。

父亲和姐姐忙着问我想吃什么，又是盛饭又是炒菜，我只是一言不发。

事实上，我一个人坐在那里，我哭了。

我不能回答，我一开口，他们就会知道我哭了。

我一门心思带着对黑暗的恐惧回到家里来，就是为了见到我亲爱的唠叨的妈妈，为此我放弃了去更近的姥娘家，可是，我的妈妈，却在姥娘家！

我觉得自己被愚弄了，却不知道是谁愚弄了我。如果是老天爷的话，我又怎么找他算账呢？

父亲保持着他一贯的威严，没有和我多说话。姐姐本来就不善言辞，只是一个劲为我准备好吃的。

我风尘仆仆赶来，没有人问一句这么黑的天，你一个小女孩怎么就这样回来了，路上是不是很害怕……

如果妈妈在，她一定会问这些的，还会抱怨我傻，不应该冒着危险回家，应该去姥娘家住一夜……

那些只可能来自妈妈的关爱，在这个妈妈缺席的夜晚，成了我心中无法填补的空白。

这个夜晚，我不可能再提出大晚上去姥娘家的要求。我只是在心里一遍遍恨自己，为什么不选择那条去姥娘家的路？那样既不用走这么远的夜路，也能第一时间见到我的妈妈，接受她最琐碎的问候。

第二天一大早，我饭都没吃就推上自行车出发了。我说我去还舅姥爷家的洋车子，然后去接妈妈回来。

出了门才发现，地上泥啊水啊，根本无法骑车。而昨天夜里，我却是一路飞一样地骑车回家的。

我只好推着自行车一直到杨套楼的路口，把车子还给表婶子，然后一路向西，奔向我的妈妈。

这个多年前为见妈妈“跋山涉水”却最终扑空的夜晚，成了我什么时候想起来都忍不住想哭又想笑的难忘经历。

每当听人说勇气让人前行时，我都会在心里默默反驳，只有经历过的人才知道，有时促使你前行的，不是勇气，而是恐惧。

恐惧的力量，远比勇气更强大。

毛毛褂

很久很久以前，她还是一个因上学而寄宿在舅舅家的小女孩。

一个冬天的夜晚，大雪纷飞。

吃过晚饭，她在灯下写作业，心里就像外面的冰天雪地一样，寂寥。

没错，是寂寥。在寄人篱下的那些年里，寂寥是她的心灵主打色。无助与忧郁让童年变成漫长的灰色时光，那种幽暗，在此后余生挥之不去。

当时还没有双休日，她每天都在期待星期六的到来，上完课她就可以回家了。

她羡慕那些虽穿着补丁衣服、背着补丁书包，还顶着满头虱子的同学们，因为，他们每天早上都从自己的家里出发，放学了回到自己的家里去，晚上还能在自己家的被窝里安心地入睡。

她希望自己变成他们中的任何一个人，唯独不愿意做自己。

对他们来说，下雪天时，可以像表弟一样，跟着自己的父母打雪仗。总之，自己的家里，什么都好，哪怕挨吵①都是好的。

---

① 挨吵：永城方言，挨骂。

就在百无聊赖时，忽然，她听到院子里一阵寒暄，有人来了。

这样因下雪而深一脚浅一脚的深夜，在农村，一般是不会有人串门的。她很好奇，但她不敢出去，作为一个专心致志写作业的孩子，不应该被其他事情分心。

可是，她听到了母亲的声音，这声音让她兴奋、安心甚至幸福。

接着，她听到了姥娘喊她的声音："瞧瞧，瞧瞧，你妈妈来了！"

这下，她可以名正言顺地出去了。

果然，是她妈妈来了。妈妈给她送来一件红色的毛毛褂，并且当场给她穿在身上。

要知道，她的父母，向来不注重孩子的穿着。他们喜欢把钱花在吃上，把穿看作是"腐化"的象征。所以，她从小就是拾姐姐的旧衣服穿，几乎没有新衣服。

可是，在这样雪花纷扬的冬天，在这样寒冷的夜晚，她亲爱的妈妈，竟然骑着自行车，跑了六七里地，来给她送一件全新的红色毛毛褂。

这件毛毛褂，瞬间把她的心融化了。

当然，她更希望妈妈是来接她的。她想回家，想天天都从自己家出来再回到自己家去，想在自己村头的小学上学，想和她最好的伙伴娟子、燕子一起去……

她知道这是不可能的。为这事，她都不知哭过多少次了，但大人从来不在乎小孩怎么想，哭也没用。

所以，她又希望妈妈至少这个晚上能留下来，陪她一起睡。

这个时刻，她希望雪下得大些，更大些，帮她把妈妈留下。

可是，妈妈看她穿着新买的毛毛褂，眼里的温柔像太阳一样闪耀。然后，她转身就要走。

姥娘和舅舅妗子都劝她别走了，这么晚，下着雪，路又滑……

这时，她又盼着妈妈能被留下。

但是，妈妈谁的话也不听，执意要回去。

她多么希望妈妈能把她也带回去呀。

但，奇迹并没有发生。妈妈义无反顾地走了，压根没想过要带她走。

她穿着漂亮又温暖的毛毛褂，又去写作业了。她的心里，又恢复了寂寥。

那个没有电话的年代，她无比担心她的妈妈，因为雪那么大，路那么滑，天那么黑……

许多年过去，她也做了母亲。妈妈来给她带孩子。

有一天，孩子睡了，她突然提起来那件毛毛褂。

妈妈诧异，说你那么小，还记得这件事？

妈妈哪里知道，自己当年深夜送毛毛褂的壮举，对她来说多么重要。

妈妈说，之所以给她买那件毛毛褂，是因为，就在那之前几天，舅舅给他儿子，也就是她表弟，买了一件米色的毛毛褂。

姥娘年轻丧夫，艰难地拉扯一对儿女，过着天底下最苦的苦日子。直到母亲嫁给父亲，家里才有了顶梁柱。

父亲很爱母亲，虽然他从来没说过爱。他爱母亲的方式，就是极尽照顾姥娘和舅舅。父母起早贪黑做生意，无论买什么都有姥娘家一份。用他们那里的俗语来说，那是“吃虱子也要分给他一条大腿”。

父母孝敬老姥娘[1]、姥娘，出钱让舅舅上学，甚至在老姥娘担心舅舅娶不上媳妇时，父亲安慰岳母说：“放心吧，大娘，就是买，我也要给他买个媳妇。”

那时舅舅对自己的姐夫简直到了崇拜的地步，只要有空就往姐姐家跑，帮着洗衣做饭照顾孩子。

也正是因为这样，父母才放心地把她放在舅舅家里上学，满以为她在那里能得到最好的照顾。因为，他们就是掏心掏肺对待舅舅。

然而，这一次，舅舅给自己的儿子买新衣服，却没有给住在他家的她买，这深深地伤害了母亲。

母亲很难过，觉得舅舅并没有像她所期望的那样以德报德。于是，母亲去县城要账时，买了一件红色的毛毛褂，并且在回来时，不顾风雪，拐到舅舅家，把新衣服亲手给她穿上。

母亲是在示威，是在告诉舅舅，她的孩子，不是没人爱的，她爱得起！

而那一天，母亲冒雪而行的，不是从家到姥娘家的六七里路，而是从县城到姥娘家的三十里路。

她哪里想到，母亲的深夜送衣，竟然还有这层意思在。

而母亲当年从这件事，就应该洞察人性的弱点。为什么在此后的几十年，还反复陷入这种被人以怨报德的思想斗争中呢？

---

① 老姥娘：永城方言，太姥姥，也即姥姥的母亲。

与公交车的往昔恩怨

小区修路，所有车辆禁入。为避免停车无位之苦，干脆重返公交时代。

这才发现，今日之公交，也已实现数字化智慧化。微信卡包中即有公交乘车码，打开，随时可见所在站点涉及的公交车都是哪几路、距此几站、几分钟可达，真是方便至极。

上车后，刷一下二维码，扣费成功，再也不用担心没零钱的问题。

不禁想起若干年前，村姑进城时与公交车之间发生的恩怨情仇。

梦回当年，我好累。

我一步也走不动了。

我停在路边。

远远地，一辆6路公交车驶来。

我与这座城市初相识，还处于陌生的阶段。我只知道，6路公交车能到我的新学校。

我以为，这就够了。

我让姐姐赶紧伸手拦车。姐姐确实招手了，可6路公交车司机对我们视若无睹，根本没有停下来的意思。

我很生气。

我和姐姐已经逛了大半天，累得几乎直不起腰来，只想快点回学校，躺在宿舍单人床上休息一下。

可是，我们一直没能搭上回学校的公交车。

我也尝试问路，有人远远地指着一个看不见的方位，说要向那里走才能坐上6路车。我们按指示走了，也碰见了6路车，可无论我们如何挥手，就是没有一辆车停下来。

最开始，我嫌姐姐招手招得不明显，可是后来我拼命地招手，简直是跳起来张牙舞爪地招手，还是无法拦下一辆车时，我怒了。

郑州的公交车怎么也欺生呢？难道我脸上写着“新来的”三个字吗？

疲惫加愤怒，我几乎要号啕大哭。

幸亏姐姐一直安慰我，虽然她也很累，她也不明白为什么招手没有用，她还得承受着我的抱怨，鼓励我继续往前走走试试。

已记不清走了多久，到了一个许多人都在等车的位置，我们平生第一次注意到站牌。在一根竖起的细杆上，挂着一块块大概宽二十厘米、长四十厘米的白色铁牌，每一路车一块牌，清晰地从一端到另一端标着每一个经过的站点。

没多久，又一辆6路车驶来，无须招手，稳稳停在站牌前，等车的人们拥过去，挤上去。售票员火眼金睛，撕一张票收一份钱。当年，6路车从财院开往火车站，统一票价5毛钱。

也是在这一天，我才知道，在大城市，公交车是按站停靠的。非站点的地方，不允许上下乘客。这是交通规则。

而此前，在我长到十八岁的漫长岁月里，只有高中三年接触过家附近的县城。在那个豫东小县城里，公交车在所经过的路线上，招手即停。为了招徕乘客，售票员还会站在半开的车门处，向路边的人们吆喝，生怕有人错过。若是看到远远地有人奔来，会非常人性化地停下来等着。

我们没有在县城里见过站牌，只知道约定俗成的几个必经之地，周末早早去那里等着即可。

进城的农民们大说大笑，所携带物品中可能还会有活鸡活鸭。过道里还备有木质小凳子，人不是太多时，可以充当座位。

有的人带的行李过于庞大，售票员会不乐意，声称要加钱，物主赶紧赔着笑，把硕大的行李袋抱在怀里，说我没占座位……

带着对公交车的狭隘认识，初入大学校门的我，在省城，上了第一课。

从此，告别招手即停的公交车时代，整个世界都变了。

第三辑

酸甜苦辣出乡关

一见钟情的裙子

那条裙子真好看！

白色的泡泡袖的棉质小衬衣，粉紫色的背带裙。那白色的衬衣是那样洁白，那粉紫的裙是那样鲜艳。白与紫的搭配，散发出难以抗拒的魅力。至少，在那一天，八岁的我，无法抗拒。

那时我对集市的唯一见识，就是茴村会；我对服装的最高追求，就是背带裙。

已是夏天，跟随母亲穿过熙熙攘攘的人群，在磕磕绊绊中不忘留意路两边琳琅满目的商品。就在快要到达十字路口的地方，我看到南边的摊位上，那竖起的像一面墙的展示架上，挂着一件白衬衫打底的粉紫色背带裙。就这么一见钟情了。本来被急忙赶路的母亲拉得连跑带撞、不时趔趄的我，忽然走不动了。我硬是把母亲的手往回拽，不顾母亲的催促，最后任性地松开了母亲执意拉我向前走的手。

我定定地站在那个摊位旁，仰视着我的裙子。没错，我就在一眼之下，认定了这款裙子是属于我的。从小到大，我从来没有一件属于自己的裙子。家里并不缺钱，吃的用的都是好的，但父母却执着地认为，一个有上进心的孩子，不应该讲究穿着。他们固执地断定，一旦开始讲穿，就无心向学了。而他们艰苦奋斗挣大钱的目的，是要让子女都学业有成。所以，年龄最小的我，一直在拾姐姐的旧衣服穿。可我只不过是一个爱漂亮的小女孩，虽然嘴里不说，内心却希望自己能穿成一个花蝴蝶。我曾经在同学面前很自卑，从小学到初中，班里家庭条件最差的女生，哪怕交学费时万分拖延，都会在某种款式的服装流行时做上一套新衣服，唯独我，永远在拾姐姐穿剩下的。父母的初心是好的，可是他们却不知道，对一个孩子来说，尤其是女孩子，如果穿得很寒酸，是多么地抬不起头来，这种自卑的心理会严重地影响我在学习上的注意力。

回到那个八岁的夏天去，疾行于路上的母亲总算发现了我的异常。即使这时，我仍然没有勇气提出要买那件裙子的要求，但我的期待，就在那渴望的目光里。我的沉默，已经说明了我的梦想，我希望母亲能明白，并满足我。我是一个多么乖的孩子啊，在此之前，从来没有对父母提过任何过分的要求。虽然我的心并不在学习上，但我一直装作好好学习的样子，保持名列前茅的成绩。我容易吗我？

我要一条背带裙，过分吗？聪明如母亲，迅速明白了我的意思。她说快走吧，你爸还等着我们呢，你又不是没有衣服穿……妈妈总是觉得我有衣服穿，可那些全是旧衣服，哪一件也比不上这条公主般的背带裙。

我第一次不听话，随母亲怎么说，我就是一动不动，只是不出声地望着那款打动我心的裙子。母亲实在没办法了，她的额头上急出了汗珠。后来，周围的人也开始劝母亲，说孩子既然喜欢，就买一条吧。

顶不住压力的母亲，终于开口问摊主："这款裙子多少钱？"摊主说："十块，不过看小姑娘这么喜欢，就打个八折吧。"那时候我还不懂八折的意思，但是觉得既然母亲都开口问价钱了，摊主都主动降价了，应该可以满足我的愿望了。可是母亲一听，就觉得八块钱给孩子买件衣服太不值了。而且她觉得我表现得太过喜欢，会导致她无法进一步压价。所以母亲一边嫌贵，一边拉着我走，还撒谎说再看看别家的。

我不走，我不看别的，我只喜欢这一件，我非要不可。可见女人对衣服的钟情是一种天性，即使乖巧如我也能坚持非此不可。

母亲很生气，周围的人开始批评母亲："不就是八块钱吗？给孩子买一件吧。"我一时委屈，心想连这些不认识的人都比母亲疼我，越想越难过，眼泪便流了出来。摊主更是会煽动："没见过你这样当妈的，孩子都哭了，你还不舍得给她买件衣服……"

众人的劝慰和指责并没有打动母亲的心，她肯定觉得我太不给她面子，于是拼命地劝说我跟她走，许诺一定会给我买比这条漂亮一百倍的裙子。

我不信。我知道这种许诺大抵是一句空话，一转身就不会提起了。而依我听话的性格，也不好意思主动再要求买新衣服。在没有旁观者可以监督母亲的时候，她一定会批评我光想着穿，心不在学习上，从而把我定义为爱慕虚荣的人。所以我坚决不挪动半步，就那样流着泪对母亲的劝说置之不理。

这时，转机来了，奶奶忽然出现了。

我只是听到了奶奶的声音，因为我还维持着那个仰视并流泪的姿势，除了那件裙子，我眼前的一切都是模糊的。只听奶奶急急地问："咋回事咋回事？我光看这围着一圈人，没想到是我孙女，这是怎么了，咋哭了?”妈妈忙解释说：“急着去看生意，可是瞧瞧却非要买这件裙子，一条小孩子的裙子，八块钱，太贵了，回头好好挑挑再给她买，就不愿意了……再说，她又不缺衣服穿……”

我还是不说话，心内更是委屈。妈妈这一番话，把错全放在我身上了，我是个多么不懂事的孩子啊，非得要这件新衣服，连再挑挑的机会也不给大人……有理也说不清了。但是奶奶接下来的话和动作，却让我在往后的岁月里回味无穷，终于明白了隔辈亲这一现象的无理。她马上开始掏钱：“我说多贵呢，孩子都哭了，不就八块钱吗?奶奶给买。”

虽然我泪眼蒙眬，看不到奶奶的动作，却能从她的声音中辨别一切，我知道她已经从口袋里掏出包钱的手绢，解开来，数钱给摊主。而摊主，一定也返身用带竹竿的长钩子取下我心仪的背带裙。

对长辈无比孝顺的母亲，怎么会让婆婆掏钱?母亲上前一步，抢在奶奶前面把钱递给摊主，还抱怨人家看孩子太想要就不降价，实在是不厚道。

当奶奶的唠叨、母亲对于价钱的抱怨和我那泪痕未干的小脸，渐次出现在独自守摊、正和客户忙碌地讨价还价的父亲面前时，他笑了：“咋的?咋还哭了?”妈妈和奶奶语无伦次地述说缘由，得偿所愿的我忍不住笑了。大人们都笑了，过来羞我：“有新衣服了，就诡[①]成这样?”我不好意思地转

---

① 诡：永城方言，把开心称为“诡”，得意忘形则为“诡哩很”。

过身去，忍不住偷笑。

平生第一次不顾及“懂事”的名声而抗争，竟然是为了一条八块钱的裙子，现在想想依然会掩嘴而笑。总是很严厉的奶奶，也是少有地展示了她对于孙女的爱和温情。可是，那是一条多么漂亮的背带裙啊，当我穿上它羡煞伙伴和同学时，母亲怎么能理解我内心的喜悦和自信呢？

直到现在，我还是认同自己八岁时的眼光。

有娘的小鸭和没娘的大鹅

万没想到，远在六百里之外，我的老家，当夕阳西下，那几只刚从蛋壳里爬出来没几天的小鸭子，竟然仗着自己母亲的威势，联手挡在了圈门口，拒绝早它们一年就在这里长大的白鹅回家。从而把那个原本养过鸡鸭鹅狗猪的红砖、水泥、青瓦搭的小房子，彻底霸占成了“鸭圈”。

这个故事现场，是母亲通过电话描述给父亲，再由父亲转述给我们的。那几只小鸭，准确地说，是十三只，其中十只花鸭，三只黄鸭。等它们长大了，则会变成十只黑白相间的鸭子和三只纯白的鸭子。

而它们倚仗的母亲，则是一只老草鸡①。说是一只老草鸡，其实也才一岁，它是和那只白鹅、几只白鸭一起来到我们家的，属于发小型伙伴关系。照这长期处于同一屋檐下的深厚交情来看，草鸡似乎没有理由教唆自己的一帮养子养女来抵制白鹅。难不成，它们看似和谐的同居岁月里，却隐藏着不为人知的矛盾?

说来话长。但既然开了个头，再长的话也得从头说起。

儿子从小幻想着养鸡养鸭，哪天要是在路边不小心看到有人卖毛茸茸的小鸡小鸭子，就走不动路，非得嚷嚷着要买。最后当然没买成，于是哭闹、赌气，接下来念叨好多

---

① 草鸡：永城方言，指母鸡。

天。去年春天，也是像现在这个时候，母亲专门打电话过来，说买了小鸡小鸭子，儿子还坚持要买“鹅子”，于是母亲真的买了两只小鹅。从此，父母就以家里有鸡鸭鹅为借口，哪里也不愿意去了，家里必须保证有人，以免鸡鸭鹅们没了食物来源。

鸡鸭陆续下蛋，母亲就把这些珍贵的蛋储存起来，留给孙女外孙们。他们自己却从集市上买鸡蛋吃。因为鹅一直不下蛋，父亲一度想卖掉它们。可能是恐惧的力量，快到年关时，鹅忽然下蛋了。这些硕大的鹅蛋，又成为各家孩子们的新宠，父母自然更不舍得吃一个。

因为母亲一直记挂着这些小动物们而不来我家，我就在每次邀请未遂时恨恨地说：“以后，再不能养鸡鸭的了！”母亲便笑，不说话。我呢，不怀好意地在心里盼着现存的鸡鸭鹅们早一天更新换代，自然消失。没想到，上个月接父亲来郑州后，他和母亲几乎一天几通电话地打，关心的竟然是孵小鸭的事。原来，有一只草鸡“落（lào）窝”了。

所谓“落窝”，是指草鸡成长到一定时间，忽然想当妈妈了，于是就天天趴在窝里不出来，饮食不思。唯一的办法，是给它几十个鸡蛋搂在翅膀下，待二十一天后变成小鸡，鸡妈妈就领着小鸡们到处觅食，了却它成为母亲的心愿。落窝的草鸡非常执着，如果不能孵小鸡，它们就像魔怔了一样天天趴在窝里。

但是落窝期间，草鸡是不生蛋的，所以并不是每户人家都愿意让自家的草鸡落窝。小时候，看到过许多邻居，为了治自家草鸡这落窝的症候，把它们不停地从窝里赶出来，或者把草鸡往水缸里淹，试图用种种极端痛苦的方式让草鸡清醒，从而专心致志、兢兢业业地下蛋。每当看到那可怜的草鸡“咯咯”叫着被打得满天飞，或在水缸里淹成个真正的落汤鸡后被狠狠摔在地上依旧痴心不改叫着向窝里跑的惨状，小小的我都为它感到悲哀。

阻止草鸡当母亲，其实也是一种贫穷的悲哀。因为鸡蛋是一个家庭的主要经济来源或营养来源，所以不舍得失去草鸡连续下蛋的机会，就千方百计违背自然规律，剥夺草鸡们做母亲的权利。

如今，鸡屁股不再是农村人的银行，养鸡的人家也少了。想吃鸡蛋或想吃鸡，随处可买，谁还费那个心呢？但同时，有爱好养鸡的人家，也不会再害怕草鸡落窝了，从此，草鸡也迎来了生育自由。

话题回到永城老家的小院里，母亲发现漂亮的小草鸡落窝了，为了达成它当妈妈的心愿，就想让它孵一窝小鸡。但是家里的鸡蛋实在太少，又不舍得拿去换，还想留着给孩子吃呢。父亲说，那就孵小鸭吧，青皮①还比鸡蛋大呢。母亲一想也是，便拿着二十个青皮，依照老规矩，去有鸣鸭②的邻居家换取受精卵（此处指可孵出小鸭的鸭蛋）。

现在大家生活水平都提高了，谁还在乎个把青皮？邻居们用不屑的眼神看着妈妈，说换什么换，拿去就是了！就这样，妈妈回来时，篮子里变成了四十个青皮。换来的“可能有父亲”的二十个青皮，就放在了鸡窝里，由小草鸡用两只翅膀护着。母亲天天伺候着小草鸡喝水吃食，生怕委屈

---

① 青皮：永城方言，指鸭蛋。

② 鸣鸭：永城方言，指公鸭。

了它。

这么多天以来，母亲一天几个电话，就是向父亲通报孵鸭进展呢。二十八天到了，开始每天有几只小鸭破壳而出，三四天时间，十三只小鸭子出生了。其余的七只，看来它们的亲生母亲没有得到宠幸，最终没有动静，固执地保持着蛋的状态不动摇。

从此，小草鸡就一改小女孩的面貌，像模像样当起了鸭妈妈，领着这十三只可爱的小鸭子到处找食。

我很疑惑："它难道看不出来，这些小鸭子一个也不像它自己吗?"

父亲笑了："都是它孵出来的，它就认为是自己的孩子，所以像亲生的一样疼爱。"

是吗？是装糊涂吧？

这种卵生的家禽，还真不好界定亲子关系。据父亲说，以前还有草鸡孵出过小鹅，鸡妈妈整天带着鹅们在村里串门，小鹅们下水游泳，草鸡妈妈就在岸边看着。

那么，它是不是会在心里疑惑："老娘可真能耐，能生出一帮会凫水的来!"

也是，谁说孩子就一定要长得像娘呢？

总之，我家的小草鸡天天领着小鸭子们在院子里散步，渐渐有了领导风范。瞬间，原先圈里的鹅就显得势单力薄起来，虽然个头大，但架不住草鸡带大的鸭子数量众多，顿感前途渺茫。

这不，才几天工夫，这小不点的鸭子们就敢联合起来堵住家门，不让鹅进了。要知道，它们的体重加起来也赶不上一只鹅呢!

可是你猜怎么着？鹅空有那么大个头，仰天长啸了几声，看着横行霸道的鸡妈鸭崽，愣是没辙了……

有娘的孩子就是霸道啊，哪怕这娘只是养母！

没娘的孩子就是受欺负啊，哪怕这孩子人高马大！

右　耳

儿时最温馨的记忆，是某个阳光温暖的午后，母亲坐在堂屋的小椅子上，母亲用火柴头为我掏耳朵。

母亲的手是温柔的，心也是温柔的。

掏耳朵的时候，母亲是偏心的，她更关注于我的右耳。

我的右耳里，曾藏着母亲的心病。

那是一颗早已变色变形的黄豆。

据说，我两岁时，母亲在院子里铺上软床，在软床上铺上小秫秫秸扎成的箔，箔上再铺上旧床单做的巨大布面，布面上再铺满金黄金黄的豆子。

那是秋天，秋老虎似火，正是晒豆子的最佳时机。在那个年代，农村诸多的消毒、防腐、防虫措施都是天然的，太阳曝晒成为高温杀菌的最普遍方式。

小小的我跟着母亲的身影转，忙碌的母亲却无暇顾及我。

我摸着圆溜溜金灿灿的黄豆，婴儿的本能被激发出来，做出了一个随手的动作。

我把一粒黄豆，塞进了右耳里。

母亲每每提及此事，都会倍加悔恨，为自己对孩子的忽视。

这粒黄豆，当时没发现，事后发现时，已经牢牢地钻进了我小小的、软软的右耳里。无论母亲如何灌香油，或用其他婶子大娘奶奶们奉献出的土法子，都没能将它请出来。

当时的农村，尚没有遇到问题找医生的习惯。即使平时下地被镢头砍了脚，也是随手抓一把土掩上，更何况我这种无血无伤的小事故？

所以，百般无果后，这粒黄豆，就在我的右耳里安了家。

或许正是从那时起，母亲就迷上了为我掏耳朵。

她总是敷衍地象征性地挠几下左耳，就把火柴棍移到了我的右耳。想象力丰富的我一度担心左耳会有意见，哪天会不会造反，从左边跑到右边去打那只争宠的右耳。

当然，这样诡异的事件从来没有发生过，也永远不会发生。

母亲每次都会花费大量的时间在我的右耳里，有时也会附以针鼻，只想把这颗固执的黄豆取出来。

后来我想，如果找医生，大概只需一只镊子，只需一分钟时间，就可以取出那粒黄豆。而母亲的工具只有火柴棍和针鼻，显然不够专业。

无论母亲如何努力，那颗豆子打死也不出来。

这样的时间持续了八年。

在我十岁的一个夏日午后，我和母亲又演起掏耳朵的传统剧目。母亲照例极其敷衍地掏了两下我的左耳，随即转移方向，专攻我的右耳。

这一程序我和母亲都习惯了，也并没有抱着会把那颗驻扎在我右耳的黄豆取出来的希望。

突然，母亲发出一声惊喜的呼叫，让我别动。

再然后，她松了一口气，似乎卸下了千斤重担。

母亲欢呼着："高滴[1]出来了！"

接着，她果断结束了为我掏耳朵的亲子活动，摊开手，向我展示那粒黄豆。

在母亲的掌心里，躺着的酱紫色的不规则物体已经不适合"黄豆"这个名词了。因为，它一点也不"黄"了，而是像婶子大娘奶奶们做的干酱豆。它身上有皱纹，形状也不再圆润，反而有凸有凹，但并没有变小，看起来好像比一般的黄豆还大些。

母亲花了八年时间，用火柴棍和针鼻，完成了医生一分钟即可完成的工作，终于把这粒我亲自放进耳朵里的黄豆"请"了出来。

母亲欣喜若狂，甚至唱起了我耳熟能详的"北风那个吹，雪花那个飘"。炎炎夏日，北风和雪花还很遥远，却把母亲的好心情展露无遗。

母亲治愈了自己的心病。

傍晚，上学的哥哥姐姐、出门要账的父亲陆续归来，我兴高采烈、不厌其烦地向每个人展示这粒"酱豆"，让他们猜这是什么。

他们没一个人猜中。

我心满意足、神气活现地揭晓答案后，在每个人脸上看到了几乎同样的吃惊，听到了同样的松一口气。

---

① 高滴：永城方言，终于。

在我的右耳里，这粒变成酱紫色的黄豆，完成了它一生的传奇。

要到很久以后，在入职体检时的听力测试中，我才会知道，那粒黄豆，几乎把我右耳的听力全部攫去了。

我没有告诉任何人，尤其是妈妈。

现在你知道了，也要保密，不要告诉我妈妈。

坑

在我童年时期长年生活过的姥娘的村子里，曾经流传着一个真实的笑话。说是某个我应该喊姥爷的男人，家里很穷，一直打光棍。此人没有什么过人的本事，但是从小爱逮鱼，后来结了张网，可以从村中的坑里撒鱼①。

豫东的农村，好像每个村子里都会有坑。“坑”是一种没有来处的低洼之地，常年蓄满了水，里面会有鱼。记忆中的坑里，水很少有清澈见底的时候，总是呈混浊的土黄色。长大后，从书上看到“水至清则无鱼”这句话，会不自觉地想到家乡的水坑。夏天有时也会有莲叶，冬天则是厚厚的冰，胆大的孩子敢从冰上走。

我们那里的冰，名字也和别处不同，叫“冰凉”。这里的“凉”又是轻声，让人在说出这两个字的时候，就像手里真的捧着块冰凉入骨的“冰凉”一样，很是传神。

不过现在这些都没有了。据说因雨水少，我们那里的沟沟洼洼都没有水，原来的坑，也就只是一块盆地般的洼地而已，夏天长满了野草，冬天则满眼枯黄。

记得我们村子里的坑不止一个，从东头老家通往西头新家（说是新家，今天看来也已是建了三十多年的老家了）的

---

① 撒鱼：永城方言，指撒网捕鱼。

途中就有一个，但这个不是最大的，最大的那个在村子的最南端，直接就叫“南坑”。

南坑里的水像是没有边际，那水面愣是给人没有尽头的渺茫感。也许是因为那时我还只是一个孩子，我的眼睛自动把一切都扩大了。

我见过村里的爷爷辈的人撒鱼，那网上有着一个个鱼苗似的东西，不知是不是用来装作鱼的同伴迷惑鱼的。

但我记忆中最壮观的一次撒鱼，则是“翻坑”。

所谓“翻坑”，就是在不太忙的夏天，全村的人组织起来，大小工具都用上，把最大的南坑里的鱼打尽。但见村里的男人全部出动，大有真把坑翻个底朝天的架势。平日里在大人的恐吓下不敢走近南坑的我，也觉得往常妖魔一般的南坑变得任人摆布了。

我很小，小到只能站在坑边，看着叔叔们脱下的鞋子。好像六叔扔上来一条极小的鱼给我，那鱼在地上蹦得好高，我好不容易抓住，按照指示放进六叔的鞋子里保存着。

翻坑得来的鱼，并不是各自捞的归各自，而是要全村统一分配。但这条被存在鞋子里的小鱼，毫无疑问是我个人的宠物，没有人会来计较它。

到底分了我家多少鱼，不记得了。我的关注点只在我的小鱼身上，但它并没有活太久，尽管我冒天下之大不韪，把六叔的鞋子当鱼缸灌上了水。

后来的几十年里，我一直都在怀疑，我的小鱼，到底是渴死的，还是臭死的？

姥娘的村子里也有坑。这坑里的水也是土黄色，这坑里也有鱼，到了冬天也会被“冰凉”封住。而夏天，舅舅会带着我的两个表弟去游泳，这是属于男人的专利。那样酷热的夜晚，从女人到女孩，全关在自家院子里，听着屋后坑里传来男人、男孩们嬉戏的声音，不知道那个赤裸的世界里到底有着什么样的乐趣。

说了这么多看似无用的话，不过就是为了由这坑引申到这位打光棍的姥爷身上。说是有一次，有媒人又说了一门亲事给这位姥爷。我们那里找对象不叫找对象，叫“说”，一般情况下会说“那谁谁说的媳妇长得还怪俊哩”……一般媒人牵线后，女方会来男方家看家庭。所谓“看家庭”，就是看看男方家房子怎么样、粮食多不多，由此判断富有还是贫穷。每逢这时候，男方家要准备丰盛的饭菜，要打扫干净屋里屋外，还要准备见面礼给女方。

当然，也有穷的人家，遇到有女孩来看家庭的，会从邻居家里借家具、碗盘装门面。我甚至见到过有的男人家里穷，直接借用别人的家来充当自己的家。可见，“看家庭”这种事，也并不是十分靠得住。明明看的时候是青砖红瓦带配房①，嫁过去发现住的是泥趴屋②，后悔也晚了。

这位光棍姥爷有没有在看家庭上做手脚，我不知道。只知道“看家庭”还有一个程序，就是饭后让男女双方单独“说说话”。一般会安排单独的一间房，屋里就他俩，关上门，让这二人世界私密些，给彼此一个自由恋爱的了解

---

① 配房：永城方言，指厢房，即在正房前面两旁的房屋。比如正房坐北朝南，则前面两侧盖的坐东朝西、坐西朝东的房子，被称为配房。

② 泥趴屋：永城方言，指低矮的土房子。

机会。

据说，这位姥爷当时对女孩说："我们要是成了家，我会撒鱼，撒了鱼，咱先紧着自己吃，吃不完，再卖。"

女孩如何回答的，二人又谈了什么，以及后来这媒说成了没有，都不知道。在我那小小年纪里，作为被忽视的旁听者，每次都听到说的人说到"吃不完，再卖"这一句，便完了，说者和听者一起捧腹大笑。而我，还茫然不明所以，到底哪个字是应该发笑的呢？

我迷茫着，一直迷茫到现在。

儿子放假，父亲火速赶来照看，我便提起老家的坑。父亲说早许多年就没有水了，到处干哩"嘣嘣的"[①]。就是之前有水的时候，冬天坑里的"冰凉"也是越来越薄了，可见现在的冬天没有每年[②]冷。

也说起了这"吃不完再卖"的典故，父亲准确地说出了主人公的名字，人家并没有总打光棍，早就儿孙满堂了。于是问起这句话到底有何可笑，父亲也不禁笑了，说哪里有什么可笑，不过是笑话老实人罢了。撒鱼，就像会抓"叽了猴"[③]一样，不能算是正经本事，如果拿会抓"叽了猴"来许愿，你觉得可笑不可笑？你这个姥爷老实，把这当成对女方未来过日子的承诺了。

哦，原来，这不过是另一种山盟海誓。

---

① 干哩"嘣嘣的"：永城方言，指干旱得厉害，像是地面裂开有声。

② 每年：永城方言，指往年、遥远的过去。

③ 叽了猴：永城方言，蝉的幼虫，应为"知了猴"。有的地方也叫"爬叉""爬树猴"。

猪八戒

爷爷去世后，父亲放弃了经营多年的钢材生意，开始养猪。

有一个周末，我回到家发现八头白里透红的小猪哼哼唧唧要食吃，觉得稀罕极了。我们竟然真的要喂猪了，并且不只是喂，而是养。从此，父母不用再早出晚归，只需安安生生在家养猪就行了。后来大叔、四叔家也养起来，前后邻居也养起来，甚至周边十里八乡的家庭都养起来。

我在想，这是父母带动的吗？有如此强的煽动性吗？但是的确在我们养猪那些年，附近规模性养猪的家庭很多，简直成为一项产业。我家常年养40头猪，三个月养成，每月出栏十三四头，三个猪圈轮流出，出一批成猪进一批小猪。

批量性养猪是一个体力活。冬天的晚上，饭后就开始烧水，边烧边加凉水。妈妈把饲料放在桶里，加上热水，拌匀，通过父亲设计的槽口倒进去，流进猪的水泥食盆里。就这样不知烧了多少锅水，才能把40头“猪八戒”伺候好。

批量性养猪也是脑力劳动。如何提高饲料的产出率是有科学依据的，但又不能照搬书本。仅有小学二年级文化水平的父亲买来一大摞饲养方面的书，结合实际经验，研究出一种饲料配方。每天既定的喂养量，能长多少肉，都是一定的。并且不能让猪吃全饱，那样会造成浪费。我不知道父亲要如何用心才能测算这些。反正我家的猪总能够在三个月时长到 150 斤，个头均匀，卖相很好。于是十里八乡的养猪户就定期去我家配饲料。当时配饲料赚的钱，与养猪赚的钱基本上差不多。

也是在那时，我才知道原来猪也有丑俊之分。

每个月在固定的日子，都有人开着大车去收猪，附近乡亲们有该卖的猪就拉过去，在我家门口过秤。

每到这个日子，妈妈会下白菜面条给猪们吃最后的一餐。猪们虽然很享受，但显然对即将到来的噩运有所觉察，因为院子里那么多的人，氛围很紧张。

吃饱了就要面临上车的命运。几个身强力壮的本家叔叔抓着一头头猪放在磅秤上。万一有哪头猪丑（据说丑猪的出肉率低），就会有一场拉锯战。

老板说不行，这猪太丑了。

父亲说其实很耐看，越看越好看。

老板看一会，估计还是没看出好看来，摇摇头说真的不行，实在太丑了。

有时几个抓猪的叔叔不由分说就把猪推车上去了，混在一群俊猪里。老板无奈地苦笑，就此自认倒霉。有时候，老板就是不要，拉锯的时间就会长一些，最终还是卖猪的人家短几斤秤才罢休。很少有猪丑到让老板再从一堆白乎乎的“哼哼”中给硬揪回来的。

有一年暑假，我负责看磅秤读重量。那次是一个叫刚子的人来收猪。他非说一头猪太丑不愿意要，都送上车了，他还非要让给拉下来。

我气得说了一句：“哪里丑了？我看俺家的猪比你俊多了！”

那个叫刚子的男人脸红得要命，不知是不是气的。

父亲大笑，说：“你小孩子家怎么乱说话？刚子可是出名的美男子！”

现在想起当时的情景，还是会忍不住笑出来。那个人是不丑的，但是我把人家说得伤了自尊了，我怎么会那样说话呢？

逮猪的过程最精彩。

猪们虽然好吃懒做，但依旧不想死，所以是不会乖乖就范的。一般情况下，几个壮汉过去，抓耳朵的抓耳朵，抓尾巴的抓尾巴，只要抓得结实，就能控制住。但有时，因为刚吃过饭，也因为它们不用筷子直接用嘴吃，所以猪们身上会有溅上的汤，抓起来滑不出溜的。猪尾巴容易抓住，猪的耳朵会在反抗中挣脱。于是就见那头拼命的猪在院子里飞跑，屁股后面是那个抓着尾巴不放的人，一人一猪，蹦蹦跳跳，非常壮观。

这时院门已经关上了，以防它跑出门去无法控制。孩子们是最开心的，大叫着、笑着、拍着手，在心里期盼这戏多演一会。大人们却气急败坏，但最终还是会把它抓住，可毕竟费了很大的周折。

等外地的、本地的、自家的猪们都顺利上了车，我们才松了一口气，回头就等数钱了。

看着猪们被载向它们从未去过的远方，我每每有些伤感。它们一直就待在小小的猪圈里，未曾出过远门，这一出门，就直奔肉联厂成为火腿肠了。世事无常啊。

无须劳动，甘心被人养着，最终命运也只能是任人宰割。多么痛的领悟！

养猪的那几年，我家散发出一种很独特的气味。因为习惯了，我们自己不觉得。但是2001年暑假，邀请同学来我家时，他们说好大的猪粪味。我说："有吗？我怎么没闻到？"

我是真的没闻到。

父亲是个追求完美的人，他不光给猪们建了很有型的红砖青瓦房，还建了光滑的水泥饭槽，另外就是厕所，而且这厕所是直通往父亲挖的地下储粪池的。

也不知道父亲用的什么方法，竟能让那些哼哼唧唧的小猪娃们改掉随地大小便的习惯，在需要大小便时，晃悠到指定的地点如厕。每当看见猪娃们去厕所，我都觉得我的父亲好神奇啊。

是不是所有的女孩，心目中最伟大的人，一定是父亲？

卖猪时，靠人力把猪抬上车实在太累，父亲又垒了个装猪台，是个"L"形斜上坡的，出口和车一样高。把猪赶到入口处，猪就沿着走道一直跑到了车上，省了多少人的力气，避免了多少猪的挣扎。

虽然猪只是猪，养猪就是为了卖猪，猪们离别时也没有掉过眼泪，可我还是会很难过。猪们如果知道，肯定会说我是"猫哭耗子假慈悲"。但我的难过是真的。

在我家养猪之前，根据我所知道的农村式养猪法，一头猪会养上个成年[1]的时间，且大多是黑猪，长得膘肥体壮，

---

[1] 成年：永城方言，指一年左右的时间。

有几百斤的样子，再卖给杀猪的。姥娘家也养过肥大的黑猪，整天除了吃就是睡，身上长满了硕大的虱子。我曾经很喜欢给那头懒洋洋的黑猪捉虱子。猪身上的虱子和人身上的不一样，更大，皮更厚，头部的构造也更强悍。捉到手后，软嫩的小手很难把它弄死，但又不敢松开，一松开，它的逃跑速度也很惊人。

等到猪长得很肥了，主人就会联系当地专门做杀猪生意的人卖掉（书上说的屠夫，我们那里就直接叫“杀猪的”）。照例是提供一顿猪平生从未享受过的美味午餐，然后抓耳朵拽尾巴拖出猪圈。因为其体量很庞大，所需的人也更多。最后终于绑好、过秤，再送到屠户的架子车上。

被拉走时，猪还在惨叫，于是卖猪的人，会在后面心疼地叫着：“佬佬①，佬佬，佬佬……”据说这样喊法，再养猪的话，还会养得好；如果不喊，这个猪的怨气会导致以后无法把新的小猪养成。

传统的养法，长大的猪们很肥，所以猪肉有很厚的“肉脸子”，也就是皮下的脂肪层很厚，有的能达四五指，适合炼油。据说1958年以及后来很长一段不富裕的日子里，因为平日里饮食缺乏油水，在一年里为数不多可以买肉的年节里，人们最喜欢买肥肉，若是运气不好买到了瘦肉，是可能被家人埋怨的。舅舅有一年就因为买到了肉脸子太薄的猪肉而哭泣过。

---

① 佬佬：永城方言，原指唤猪时所发出的声音。在茴村，农户称自家的猪用爱称“佬佬”。

还有一件事，就是无论过去还是现在，大家都很忌讳买到老母猪肉。那种养了很多年、生过很多窝猪娃的老母猪的肉，是无论怎么炖都咬不动的。而杀猪的人收老母猪时把价钱压得很低，但是卖肉时却卖和一般的肉一样的价钱。他们会用自己独特的方式对老母猪肉进行处理，看起来比一般的肉更鲜亮好看。所以父亲说，越是鲜亮的肉越不能要，极有可能是老母猪肉。

我想，那时没有高压锅，不然一样可以炖烂的。在现代化的今天，老母猪们被送到肉联厂的话，也一样是可以压成肉泥做成火腿香肠，人们也吃不出区别来。

随着生活条件逐渐好转，物质的极大丰富已让鸡鸭鱼肉上了百姓的日常餐桌，肥肉渐渐成为一种“腻歪”的食物。所以，很少有人再花长时间去养一头超重的肥猪了，规模性养猪应运而生，三个月出栏，都是瘦肉多的小白猪。（这几年，发现超市里专门有卖黑猪肉的，且比一般的肉贵好多。感觉比较奇怪，什么时候黑猪又兴起了？）所以父亲养的猪是适应时代潮流的。过年过节时，就留几头现杀，直接以极便宜的价格出售给村里的人。这些猪肉总是一抢而空。父亲接着便去逐户收钱。

大部分人都爽快地付账，哪有过年还欠钱的道理？可总有例外。有的人就会说等等再给钱，一等就等到了若干年，最后竟忘记欠的钱，不知道这些人会不会也忘记吃过免费的肉。

父亲做了一辈子生意，周围庄上欠的账到现在也没收齐，并且估计也不会收了。在我姥娘村子里，有一个我叫舅舅的人，他管我妈叫姐管我爸叫哥。他曾经买过我家的钢筋，欠了几百块钱，后来一直说手头急手头急[1]，一直没有还。

后来他也养猪，并且让父亲帮忙卖。等到发猪钱的时候，父亲本想把他欠的账先抵了，他又在父亲面前说多急多急的，我心软的父亲，竟然就这样把全款给了他。然后这个人就理所当然地忘了这件事，直到现在也没有还钱，估计一辈子也不会还了。我总觉得他是根本不想还，忘是不可能忘的。二十多年前的几百块，随着物价的上涨，今天即使再收回来，又能值几何？可是为什么有的人就是会利用人的善良去占便宜呢？

但是父亲，还是觉得善良是对的。没有那几百块钱，日子不一样过得很暄[2]吗？

卖猪时，也有意外情况出现过。

有一年夏天，天实在太热了，一头猪运过来时已经上气不接下气，当然不能再送上车。过了秤后，父亲决定当场杀掉，肉很快被邻居们分完了，我们留了些下水、猪蹄什么的。

那是我第一次吃猪大肠，虽然家人都吃得很香，但我怎么都觉得一股屎味，勉强咽下去一口，差点呕吐出肠子来。母亲说那不是屎味，是脏气[3]。那时无法想象，多年以后，

---

① 急：永城方言，是缺钱、手头紧的意思。

② 暄：永城方言，指富裕。

③ 脏气：永城方言，此处“脏”指内脏的“脏”，“脏气”则是指内脏特有的难闻味道。

我会是大肠的忠实爱好者，还会自己买来生的大肠红烧。我再也没有闻到那种屎味，而是喜欢上那种脏气，如果买到的大肠因洗得过度而没有脏气，会让我觉得完全失去了大肠的魅力。

话说随着父亲养猪的经验越来越丰富，在附近也越来越有名气和声望，每次上百头猪都会经过父亲的手交到猪贩子车上。

曾有一段时间，父亲想要自己养母猪（我尊称其为猪妈妈），这样就不用从外面买别人家的小猪娃了。第一头猪妈妈也是我家养过的唯一的猪妈妈，怀胎之后，在寒冷的冬天产下了七只小猪。对于猪来说，七只是比较少的。

六叔知道我家的母猪生产了，就过来问生了几个，父亲开玩笑说十七个。于是整个村子的人都说父亲真是什么都能养好，养头母猪也比别人家的生的宝宝多。“谣言”就是这样产生并传播的吧？

父亲怕小猪冷，就拿棉瓤子①代替平常人家用的稻草给猪宝宝们作为铺盖取暖。结果，棉花是白色的，猪宝宝也是白色的，刚生完宝宝的猪妈妈不知是神思恍惚还是视力受损，一夜之间，竟把小猪全给踩死了。于是，自家产小猪的梦想破灭，可怜的猪妈妈只能在承受丧子之痛之余，再接受被卖上车的命运。

我读初三时，为了加强猪的营养，父亲开始收胎羊羔。这是新出生就夭折的羊羔，可以称为乳羊。父亲天不亮就出

---

① 棉瓤子：永城方言，去籽后的暄软棉花称为“棉瓤子”。

门，骑辆自行车，方圆十里二十里甚至三十里或更远地转一天，回来时就会驮着两大口袋，有几百斤的样子。胎羊羔大概一毛或两毛一斤，好像带内脏的会便宜些，清过内脏的就贵些。真不知道怎么会有那么多的羊宝宝夭折，可能是天太冷的缘故。

胎羊羔收回来，就在院子里支一口超大的地锅，时刻燃着劈柴，锅里一直煮着胎羊羔，煮熟了捞出来晒干，打成粉，掺进猪饲料里，据说味美又补钙。那时，院子里成天晒着一地的生的、熟的胎羊羔。

这种东西，应该是极有营养的，估计和乳猪不相上下。邻居们如果高兴，就去砍羊头然后把胎羊羔带回去煮来吃。最开始有的人还怕脏或是觉得害怕，后来大家都习惯了，有空就去砍羊头。周末回到家，我能吃到最新鲜卫生的乳羊脑。妈妈甚至给姐姐送去一大盒卤好的羊舌头，整个宿舍的人都吃得不亦乐乎。

吃了如此高营养的饲料，猪们长得就更喜人了，个个皮光毛亮，可爱呆萌。

因为制造出的原料很多，家里养的猪有限，于是又开始卖骨粉。配饲料、卖骨粉，我们的学费、生活费就在与“猪八戒”相关的业务里聚集起来。

有一次因为老师的疏忽，我跑到城里却没能参加竞赛，只好很生气地回家了，觉得特别泄气。父母都在煮胎羊羔，热火朝天的体力活，也累人得很。

看见我回来，他们非常开心。母亲忙从灶下掏出一块烤得香甜软糯的红薯给我：“老天爷也知道俺闺女要回来吗？今天你五婶送了红薯来，我就给烤上了，没想到闺女就有口福了。”

我坐在那里，吃着烤红薯，看着父母一个烧锅，一个用巨大的铲子翻着锅里热气腾腾的东西，忽然就恨起自己的不争气来。有这样不知疲倦的父母，我有什么理由沮丧？

所以，父母的行为和态度，决定着孩子的性格以至对待生活的方式。在那个年代，农村家庭经常传出父吼子叫、鸡飞狗跳的声音，打老婆孩子似乎是农村男人的标志。但在我的家里，气氛一直是平和融洽的。我的父母几乎没打过孩子，也很少骂孩子。即使是最叛逆的哥哥，挨打的次数也屈指可数。所以我的同学去我家里，会觉得很温暖，会为这种气氛所感动。

父亲很少和我们说话，但是我们都怕他，这就是不怒自威吧？母亲爱唠叨，可我们没有一个人怕她，总是向她那里撒娇，我想这就是温柔的力量吧。父母给我们的男人的刚毅和女人的柔情以及努力生活而不抱怨的态度，是人生最初、最原始也最可贵的言传身教。

养猪养到后来，猪贩子开始根据父亲介绍的猪的数量支付一头五块钱的中介费，反正乡亲们卖猪的价钱是既定的，在不减少邻居们收入的前提下，这又是一笔额外的收入。

因为父亲养猪卖猪的经验都很丰富，乡里食品站便想要“招安”，于是父亲成了食品站的编外人员。

那些年，我家养了多少头猪，肯定无法计算了。到后来，父母年纪大了，体力跟不上了，父亲就不再亲自养猪，而只是帮乡亲们卖猪收取猪贩子的中介费。父亲每天十里八乡地转着看猪，看够一定的量，就让一个表老爷去拉，拉一趟付十块钱运费，有时一天会拉四五趟，这个表老爷就有了在当时看来还算丰厚的收入。

到这时，父亲的生意竟然发展到可以解决别人的就业问题了！

我其实希望父亲的生意能长长久久地做下去，因为那实在是一段阳光灿烂的岁月。我满腹豪情的父亲在各行各业中实现着他的梦想，似乎没有他做不成的事情，并且无论做什么，父亲总能做得比一般人更出色。但我的农民父亲毕竟不是神仙，他只是中国古老大地上一位再平凡不过的普通人。无论在我的心目中多么伟岸，他也无法成为永不言败的英雄。

我上大三那年，寒假回家，父亲在忙碌地张罗最后一车猪。通常临近年关，生意就出奇地好，这一年也不例外。

当时一般是拉猪的讲好价钱，把猪过了秤拉走。来拉第二车时，付前一车的钱，父亲再把钱发给乡亲们。

记得看电影时，往往在最后一次执行任务时，会出意外；往往一个人要金盆洗手时，会有灾祸来。

你要退出江湖，江湖却不愿放过你。

一直都很顺利，拉猪的蒋进永看起来也是个老实人，从不拖欠。可就在这最后一单，猪被蒋进永拉走了，却不见来还钱，而且人也联系不上了。眼看着要过年了，乡亲们都等着购置年货呢。于是父亲把家里的钱都取出来，又借了些，总算把三万多块钱发给了大家。

我知道，对父亲来说，这是一块心病。从那个寒假到如今已经十七年了，他始终想不明白，为什么他一生行善，从不占便宜，最终会亏得血本无归。

但是人在河边走，焉能不湿鞋？

我说我们一家人其乐融融，就是最大的福气，再多的钱，能买得来吗？但我不知道父亲能不能想得通。

当年哥哥曾在商丘看中一个小院，想要买来给父母，需要两万块钱，父亲不舍得。现在，别说小院，就是一套普通的两居室，也够父亲挣一辈子。那收不回来的三万块，由一个半小院变得只能在郑州买一平方米的房子。

在我看来，那三万块钱的意义，已经不只是一个数字，而是父亲对于人性的质疑和失望。他希望能收回来，以证明他一生坚持的原则没有错，善良应该有好报，也一定会得好报。

最后一单生意亏钱，对父亲打击很大。许多个夜晚，我听到父母一直不睡，母亲劝父亲不要想了，父亲却只是在黑暗里叹气。但我们是后来才知道这件事的，父母总是不把家里的任何变故说给我们听，包括他生病，包括亏钱。他们生怕我们会因此分心，无法专心工作或学习。

父亲，似乎一下子老了许多。之后，他只是联系着给乡亲们卖猪，一头收猪贩子十块钱中介费。就这样干到我大学毕业。

原来父亲说，等我上大学就不干了。后来又说，等我大学毕业就不干了，总不能让哥哥姐姐供我上学吧？我毕业了，他还干着，又说等我结了婚，就不干了……就这样，在我有了儿子后，他们才算真的不干了。父亲最后的积蓄用于帮我买房、买家电、给我儿子包红包……

终于，父母一生的心血，都被儿女们榨干了。

所有的辉煌，都有黯淡的一天，只愿父母的光芒，能够继续照亮我们的人生。每个人的生命，都建立在对父辈的消耗上。我们就像“吸血鬼”，他们甘愿流尽最后一滴血，只为延续我们的幸福。

白菜娃

傍黑[1]，母亲在锅屋里准备做饭，我一个人在院子里玩。

我在捉蛐蟮[2]。等到未来某一天，当我变成学生，会知道蛐蟮的另一个名字，叫蚯蚓。

院子的角落，因为很少有人光顾，土地相对松软，微绿色的地皮上除了各种生长期的野草野菜，就是一坨坨的小泥丘，像是泥做的线或绳子盘成的，那是蛐蟮的便便。

蛐蟮的生命真有意思，它们吃泥巴，拉泥巴，虽然自己住在地底下，却偏偏把泥巴拉到地面上来，这不是“此地无蛐一小只”吗？

我曾无数次想象，一条光溜溜的蛐蟮，在地底下由下往上钻出一个洞来，把小屁屁伸到洞口，开始拉屉屉。这种拉屉屉的方式真让人忍俊不禁，虽然我从来没能荣幸地见识到一只活生生的蛐蟮真的把屁股伸出地面来拉屉屉，但还是被自己的想象给逗到了。

根据蛐蟮留在地面上的屉屉尺寸，可推测下面的蛐蟮大小。一铲子下去，多半能看到正在疯狂逃窜的蛐蟮。大多是粉红色的，也有个别深青色的。

虽然它们拼命逃跑，却极少有能逃脱我的“魔掌”的。

---

① 傍黑：永城方言，傍晚。

② 蛐蟮：永城方言，蚯蚓。

我捏起一条来，放进小盒子里，等到捉累了，就拿它们喂鸡和鸭子。鸡鸭们吃了蛐蜷，就会下更多的蛋。

虽然我从小不怎么爱吃鸡蛋，却爱极了捉蛐蜷这个活。为家中鸡鸭“下蛋大业”而不懈奋斗，便成了我冠冕堂皇捉蛐蜷的借口。

光线逐渐暗下来，我也越来越累了。小盒子里的蛐蜷缠在一起，和零星的泥土滚成一团。我把它们倒进鸡圈里，转身去找妈妈。

妈妈正在剁馅，准备包饺子。

我还没走到锅屋，就见妈妈走出锅屋门，手里拿着一个洁白的白菜娃。

白菜娃，是豫东农村对白菜心的爱称。每一棵白菜长大后，都会被紧紧地捆起来，让它们在压力之下“抱心”。成熟后，吃完外面的白菜帮，里面是紧紧抱在一起的白菜心，就像一个可爱的娃娃。

一切都很正常。白菜一定是用来剁馅的，尤其白菜娃，怎么做都好吃，又甜又嫩。

可是，接下来，就不正常了。妈妈竟然举起白菜娃，顺势要扔到鸡圈里。

这么好的白菜娃，怎么能给鸡吃呢？

我动作很快，嘴更快：“妈妈，你要弄啥？”

妈妈说：“这个白菜娃坏了，不能吃了，让鸡吃吧。”

“别别别！你不要，就给我吧！”我说着就伸手去接，妈妈觉得很好笑：“你要这弄啥？”

我说我有用。

妈妈转身又去剁馅了，锅屋里传来或急或徐的“啪啪”声。

我则走到压井[①]旁、鸡圈边上的一小块空地，把这个小小的白菜娃栽在了地上。为了防止有鸡鸭跑出来祸害它，我还用砖头给它盖了个四面透风的小房子。

小时候，我最喜欢种各种各样的庄稼了。收麦子时，我捡起地上的麦仁种下去；收大秫秫、豆子时，我又捡起地上的大秫秫粒、黄豆粒、绿豆粒种下去。只不过，我每次播种都是在作物的收获期，虽然它们会很快发芽，却只会一门心思往上长，单独的秆上长叶子，也不发杈，更不会开花结果，最后都早夭了。当然，我家那时不时逃出圈来的鸡鸭也冷不丁一口就给我的宝贝庄稼以致命打击，枉我喂了它们那么多的蛐蟮！

比较幸福的是，父母看到我在那么一两平方米的小空地里瞎种庄稼，从来也没管过，任我做着新时代农民梦。

这个傍黑，我又种下了一棵白菜娃。

妈妈说它坏了，可是在我的记忆中，它就是一个小小的完好的白菜娃，我没发现它哪里坏。我把它的根埋在土里，还找了一些砖块支撑着它以防摔倒。

就这样，这个逃脱了被抛弃命运的白菜娃，成了我的宠物，在它简陋的砖瓦小房子里恣意成长着。

后来，妈妈压水时看到了，顺口笑着说了一句："瞧瞧没舍得扳[②]，还把它种上了？"妈妈可能觉得这是小孩子的过家家小把戏，没有阻止也没有评价。

---

① 压井：永城方言，靠手工压力取水的家用水井。

② 扳：永城方言，扔、丢弃。

可是，一天天过去，白菜娃竟然真的活了。它越长越高，抽出绿色的秆来，长出和前半生完全不同的叶子，就像一棵小树。它长得太快，以至我要经常加盖它的小房子。院子里那些形状各异的砖瓦很难垒出坚固的建筑物来；加高之后，看起来更是摇摇欲坠，堪称违章建筑的典范。

有一天，它竟然一夜之间长了好高，从缝隙里伸出了房子，头顶上还长着像油菜花一样的花苞。

当然，接下来，它就开花了。黄色的小花挤在一起，挤成一团，远看像是一大朵。那花也极像油菜花。

妈妈说，瞧瞧种的白菜开花了！

这真是意料之外的事情。我平时只见过地里长的白菜，从小苗到大白菜，然后就进了锅屋上了餐桌，从没想过，一棵成熟的白菜，哪怕被掰掉了大量的叶子，只剩一个坏了的白菜娃，再栽回地里，竟然能够继续长大，开花！

原来，成为菜，对白菜来说，只是走过了前半生；如果给它一个“人口逃生”的机会，白菜也会开花，结籽，然后才完成自己的一生。而人们大多数时候只把它们当菜，享受它们成为菜的前半生，从而错过了它们开花结籽的后半生。

而花，可比菜美多了！

这个被我拯救的白菜娃，成了我一生中唯一种成功的庄稼。

第七个青皮[1]

母亲一边指挥着父亲把收拾好的各种肉、菜放在一起，一边叮嘱父亲："放青皮的盒子先别盖！"

母亲在等第七个青皮。青皮，就是鸭蛋。在永城，对鸭蛋直呼其名被认为具有某种侮辱性，因此，虽然明明鸭蛋的皮有青有白，甚至白色居多，我们还是执着地称呼鸭蛋为青皮。

头一天晚上，母亲就曾下过同样的命令，当时我不解地问为什么。因为，每次回老家，父母都会第一时间把要给我们带的东西搬到车上，以免遗忘。即便如此，还经常会在已上高速后接到母亲的电话，说千思万想，还是有一两样东西没带。

这次也不例外，从我一进家，母亲就开始一样样地边收拾边联想，生怕又忘了什么。

家里养了七只在职嬔蛋（fàn dàn）[2] 的鸭子，平日里嬔的蛋，母亲一个也舍不得吃，都留下来，哪个儿女回家，就给哪个儿女带着。她和父亲都坚信，自家散养出的鸡鸭嬔的蛋，一定比外面卖的更有营养，可以让孙子外孙们成长得更为健康茁壮。

---

① 青皮：永城方言，鸭蛋。

② 嬔蛋：永城方言，指家禽、鸟类下蛋。

那个盛放青皮的盒子如此宝贝，本应早早盖好放置妥当，为何却不让盖呢？母亲说，等到明天早上，还可以拾几个新嬔的青皮。我哑然失笑，却又热泪盈眶、几近哽咽。父母的爱何其伟大，在给予的时候，连未来也一并计算在奉献的范围内了。

我理应惭愧。自从有了娃当了妈，我每次回老家，都动机不纯。而之所以动机不纯，正是因为动机太单纯，要么是孩子放假了，来接父亲或母亲去帮我带孩子；要么是我们的假期结束了，孩子却没开学，还是回老家来接父亲或母亲去帮我带孩子。左右不过是要让父母更辛苦，却还那么理直气壮。这次，我就是来接父亲去郑州帮忙带孩子的。

但父母是不介意的，只要儿女回家，他们就开心，早早就把平时记挂着留给孩子的各种东西（大多是好吃的）准备好，一遍遍点数，一遍遍念叨，孩子工作忙，回来一趟不容易，可别把哪一种重要的东西给忘了。

吸取往日的教训，母亲改变了临行前统一装东西的习惯，只要我们一到家，刚停下车，她就命令我们打开后备箱，先把不怕闷不怕压的放进去。然后把其他东西都收拾到一起，临走时一装了事。往往在到达与离开的时间里，看着外孙子把院子挖得乱七八糟的当儿，父亲或母亲还会偶尔想起一样该拿的东西来，赶紧找出来放到集中地，等待装车。

自上次哥哥回老家以来，母亲又攒了几十个青皮。那七只承担着增强后代体质重任的鸭子，在母亲的精心照料下精神抖擞，虽是冬天，在嬔蛋工作上也没有丝毫松懈，几乎天天立功。所以，这一天，母亲对鸭子寄予厚望，只需一个晚上的甜蜜睡眠，明天又可以将新鲜的七枚青皮放进盒子里，让外孙长得更聪明更强壮……

第二天，睡完懒觉的我们在吃饱饭之后，开始把集中起来的东西塞进昨天就差点满载的后备箱里，而母亲还是坚持先不要盖盛青皮的盒子，是怕被其他东西压坏吗？

不是的。

这七只全年无休的鸭子，不知是不是因为我们的到来而过于激动，或是被来自孩子们的热情关注给扰乱了心扉，经过了一夜的艰苦奋战，到清晨母亲满怀希望来收获时，竟然一反常态，只婎了六个蛋。

这意味着有一只鸭子旷工了。母亲的一双慧眼扫过七只看似无辜的鸭子，却无法辨别到底是哪一只没能遵守纪律。但母亲仍固执地认为，以它们平时的良好表现，是不可能会在重要时刻掉链子的。所以，母亲在焦急地等着最后一只鸭子上交劳动成果。

这种有意思的等待，无形中给了我们滞留的理由。孩子还在院子里拿着小铲子四处践踏，父亲庆幸当年打水泥地时手下留情，才能让外孙子玩得尽兴，在这五六平方米的土地上扮演一个技艺生疏的农民。我和父母、姐姐聊着天，一同等待着第七个青皮。

十点了，我说，必须要出发了，不然回程路上万一堵车，不知啥时候能到家。

母亲带着满脸的期盼："再等一会吧，反正今天也不上班，逗号也不想走。"

正在"种"一个硕大红薯的逗号适时地申明意见："我不走，我要在姥娘家过一百天！"

十点半，我说不用等了，也许这只鸭子就是想憋着这只蛋，让我的爹娘也能尝上一个自家青皮的味道。

母亲心有不甘地盖上了青皮盒子，那缓慢的动作像是还在期待奇迹。

终于，我们坐上了车，最后一次向母亲挥手告别，关上了车窗，缓缓驶向村口。

这时，车上的父亲忽然喊起来，我不得不慢下车速，从后视镜里看到年已七十却飞奔而来的母亲，头上飘着白发，脸上是心想事成的笑容。

母亲的手上，赫然是一枚白色的青皮。

我一句话也说不出，泪水却不争气地流下来。

那只执拗地想把这枚蛋留给孤独在家的母亲的鸭子，梦想终于还是破灭了。在我们悠然聊着天等待的过程中，它憋得该有多辛苦！

最终，鸭子的梦想还是败给了倾其所有、永不缺席的母爱。

父亲的“豪”与“抠”

临近年关，来陪儿子过寒假的父亲要回老家置办年货。

头一天晚上，豆先生让我找个红包，把取的钱交给父亲。

因一时找不到红包，我便用红色卡纸和双面胶现做了一个。把钱封好，放在父亲的行李箱里。

父亲很生气，连说他不需要钱，家里有钱，万一缺钱了，可以随时向我们要。

我才不相信呢！

父亲从来没有问我们任何人要过一分钱，哪怕家里真的缺钱。当年我们买房子时，父母倾其所有，仅在家里留下了三十块钱，其余只要凑够“百”的钱全都拿给了我。结果，老屋漏雨，需要修缮，母亲竟然瞒着我们，向我舅借了五百块钱。

多年以后，母亲把这事当作笑话讲出来，我才知道，父母对子女，也是“报喜不报忧”的。从那以后，我再也不相信父母在拒绝我们的孝心时所说的“等缺钱时再问你们要”了。我知道，即使缺钱，他们也只会苦着自己，决不愿意麻烦子女。

记忆中，父亲一度是很豪气的。

有一次元宵节，和同事聊起童年，他说他们那时候很穷，根本没有什么烟花可放。我想起我小时候，元宵节这天，全村人都等着看我家放烟花。因为，我家是当时村里最有钱的，逢年过节，父亲会买最豪的炮仗，最大筒的烟花，在门口的官路上点燃，点燃了炮仗烟火，也点燃了喜庆热闹，点燃了红火的日子。

父亲是家中老大，很小就辍学，帮着照顾弟弟妹妹。父亲结婚后，奶奶为了减轻家中人口吃饭负担，非要和父亲母亲分家。

分家，在奶奶看来是减轻了她和爷爷的负担，对于父母来说，则是开启了独立的幸福生活。父母用勤劳的双手，把小日子过成了富裕的样子，除了孝敬老人，小家的生活水平就更不用说了。

父亲曾提起过一个叫蒋头罐的羊肉贩子，整天溜乡卖羊肉。每当走到我们村，就会特意寻找当时仅两三岁的哥哥。早慧的哥哥一定在某个老人们围坐的树下听他们讲古往今来的故事。蒋头罐拎着一条羊腿喊我哥的名字，正听得出神的哥哥好半天才扭过头，喜笑颜开，扛起羊腿就歪歪扭扭回家了。

看着被羊腿压得蹒跚的哥哥兴冲冲往家走，蒋头罐就松了一口气，算是完成了一桩大买卖。日后某个时候，偶遇父亲，一定能收到今日的羊腿钱，绝没有赖账的可能。

在太多人吃不饱饭的二十世纪七十年代，父母带着哥哥姐姐过着别人梦寐以求的生活。那时的父母，才是真正的不缺钱，有时村委会没钱用了，也会临时来我家借款过渡一下，父亲也是有求必应。

我们上学，就更不用说了。每个学期，我们都是最早交学费的孩子，平日里的生活费，也是要一百给两百。父亲常常和母亲说，咱们自己苦点没事，孩子上学需要书本纸笔需要营养，钱要供得足足的。

也经常见家里来的不知拐了多少弯的亲戚，还没开口，脸先就红了。父亲善解人意，知道这是遇到难处了，不好张口。果然，来人大抵是要借钱的。父亲总会让这亲戚如愿以偿，还要有酒有肉招待一番。待来人千恩万谢地告辞，父亲脸上就会闪耀着同情和成就的光辉。

这些借出去的钱，是没有借条的。天长日久的时光里，有的钱会还回来，也有的永远打了水漂，但父亲从未想过登门要账，他张不开这个嘴。反正没有那些钱，我们的日子还是会长流水般地过下去。

父亲一直坚信，没有人会在有钱的情况下借钱不还，那些不还钱的，一定是因为没有钱。这是一种把世人都善良化的想象，作为儿女，我们也不愿去说破。

后来，我们都毕业了，成家了，父母也年龄大了，生意也停了。

不知从哪天起，发现父母变得无比抠门。这种抠门，是单向的“自抠”。父母依旧对邻居亲戚保持着大方的善意，依旧对儿孙不断倾其所有，可是，却从不许儿女在他们身上花钱。

每次给父母买新衣服新鞋子，都会战战兢兢，做好挨吵①的思想准备。父母一定要说：“不让你买不让你买，怎么又买呢？你前两年买的那件呢子大衣还没穿过呢，柜子里也放不下，每年还得拿出来晒……”

---

① 挨吵：永城方言，指挨骂。

如果要给父母钱，他们就会一再地推说不要，推到最后都要生气了。

有一次，过年时，嫂子给父亲买了件棉袄。父亲暴怒，说你们哪里哪里都需要钱，何必给我一个老头买新衣服？不要，坚决不要，没有商量的余地，父亲连试也不愿意试，非逼着嫂子把衣服给退了回去。结果，父亲的态度让嫂子很委屈，哪里有孝敬老人还要被责备的道理呢？

我曾无数次开导他们。我说你们整天穿着旧衣服，花钱竟然还向别人借，那不是爱我们。因为别人肯定以为我们做儿女的不孝顺，不舍得在你们身上花钱。为了证明我们都是好孩子，你们也应该穿得光鲜、花得肆意……

母亲总会大笑："我才不管别人说啥呢！"

可是，我们在乎啊。我们承受了父母最无私的爱，你们得给我们爱你们的机会啊。

后来，我们只好采取各种各样匪夷所思的方式变相实现孝敬的目的。

有一年，豆先生公司收到一批抵债服装，作为福利让员工自由挑选。我们拿合适的给父亲试，父亲先是生气，不愿意试。待我们讲清缘由，父亲得知不要钱，就高高兴兴试了一套。由此，我们摸到窍门了，一买衣服就嫌弃地说，这是公司收来抵债的……

钱就难办了，只好悄悄给。塞在某件衣服口袋里，放在某个包里、枕头里，等到人离开了，再打电话汇报，落父母一顿埋怨。

父亲也越来越智慧，每次从我家走之前，他都会再把行李翻检一遍。结果，我们还没打电话说在哪哪放了钱，父亲倒先打电话来了，说临走前，他把钱放在哪里哪里了，让我们别忘了收起来。挂了电话，在指定的地点找到原封不动的钞票，换我唉声叹气了。

想当年，在漫长的成长过程中，我们向来是心安理得地一次次从父母手中接过钱来，买衣服买电脑买房……从来没有想过拒绝。可是当我们反过来给予时，父母为何却要一而再再而三地推拒？

孝敬父母，变成了一场斗智斗勇的战争。

就在父亲临行前的这个晚上，他终于接受了那个红包，我还是心里不踏实。因为父亲的表现太平静了，接受得有点快，我怕他再想出什么藏钱的法子来。

所以，第二天早上，我五点半就起床，发现父亲已经准备好了回家的一切。他还埋怨我，起这么早干啥？

我说我不放心。接着，我便打开了父亲的行李箱，我要确认一下，那个红包还在不在。父亲一看我的动作就急了，他说我都收拾好了，你翻我的包干啥？

我说我看钱有没有被你拿出来。

父亲说没有，还在你放的地方呢。

我把手直伸到箱底，果然摸到了红包。我拿出红包，看看封口，还好好的，这才放下心来，重新放回去。

父亲一再催我回去睡觉，我就是不走，一直坐在行李前看着，以防父亲有其他想法。直到把父亲送到妹妹车上，我才长舒一口气，想着这次终于扳回来一局。

万没想到，就在我睡回笼觉正香时，早起的儿子忽然喊起来：“妈妈，妈妈，快来看！”被惊醒的我很是生气，正要发火，只见他兴奋地抓着一把钱来到我面前："外爷[1]把你给他的钱放在抽屉里了！"

我目瞪口呆。怎么可能呢？我明明检查过的，红包还在父亲的箱子里，红包的封口也是完好的，钱怎么可能自己跑到抽屉里去？

我忙去检查抽屉，数钱，发现父亲仅仅留了一千块，其余的全取出来了。

难为父亲还能小心翼翼地保持红包的封口，那双面胶，看起来完好无损。

我似乎看到了那个倔强的老帅哥，等全家人都睡了，悄悄在灯下拿出红包，一点点把封着双面胶的红包口细心地撕开，把钱取出来，本想全都放回抽屉，又怕万一被发现，犹豫之下，抽出一千，重新放回红包里，再原封不动地粘好，确认与原来无异，才放回原处……

当我早上检查他的箱子时，父亲一定紧张地屏住呼吸，生怕我从红包的厚薄上猜出他动的手脚。当我自以为成功地把箱子重新拉好，父亲慈祥的脸上一定露出了"得手"的微笑。

姜还是老的辣！

好吧，老帅哥，你赢了！

---

① 外爷：永城方言，外公。

袖子里的秘密

何晴心里藏着一个久远的秘密，这个秘密已经有三十年了，而何晴自己，才不过三十多岁。

是的，这件事发生在她六七岁的时候。

那时，何晴家里开着商店。街坊邻居经常会过来，要么买东西，要么只是聊聊天，所以，她家里总是热闹的。

邻居家有一个和何晴年龄相仿的女孩，也是何晴的好朋友，叫娟子。她经常抱着自己的小妹妹元元来何晴家玩。

娟子抱着元元过来，大人们都会去逗一逗元元，牵牵她的小手，对着她做鬼脸，把元元逗得咯咯笑。

于是，何晴也上前去逗元元。当时天冷了，小孩子穿得很厚，棉袄袖子长，何晴把手伸进元元的棉袄袖子里，去摸元元的小手。

元元的小手胖乎乎的，软软的滑滑的。何晴摸着元元的小手，忽然不知为什么，她掐了一下这胖胖的小手。结果，元元"哇"的一声大哭了起来。

何晴忙缩回手来，也扮鬼脸去逗元元，可是元元委屈地哭着。她不会说话，只是一边盯着何晴看，一边泪流满面。

娟子觉得很不好意思，自己的好朋友来哄自己的妹妹，自己的妹妹却一哄就哭，这不是太不给面子了吗？

没有人知道发生在元元袖子里的秘密，除了何晴。

后来，娟子一抱元元来玩，大家就逗元元。同样是摸着小手做鬼脸，所有的人都能把元元逗笑，只有何晴逗时，她一定会哭。

大家也都觉得奇怪，为什么这孩子就和何晴不投缘呢？

但也只是觉得奇怪罢了，照样没有人发现何晴每次在逗元元时，都是把手伸进元元的袖子里掐了她一把。

何晴每次都在暗中掐元元，反正没人知道，何晴自己也丝毫没有罪恶感，她觉得很好玩。

时间一天天过去，冬天显得尤其漫长，年都过完了，立了春了，天还是冷得要命，大家还都裹着厚厚的大棉袄。

三十年前的冬天，农民没有什么娱乐项目可言，何晴家的商店和商店里一直开着的电视机，吸引了村里的人们前来。这里永远是最热闹的。

这一天，娟子又抱着元元来了。一众大人孩子都过去逗这个漂亮的胖娃娃玩，元元笑得“咯咯”的。

何晴又故技重演，她把手伸进元元袖子里，照着柔嫩的小手就掐了下去。她已经轻车熟路了。

可是，接下来，恐怖的事情发生了。元元一如既往地哭了，并且，她边哭边眼泪汪汪地从嘴里说出了一个字：“掐——”

何晴吓坏了。天哪，她没想到，过了一个冬天，就在她的眼皮子底下，元元不知何时会说话了。虽然只会说简单的单字，但却足以揭露她的罪行。

这下，所有人都会知道，元元为什么一被何晴逗就会哭了。

不过，元元太小，刚学会说话，发音也不是很清晰，加上又正处于哭的状态，除了何晴和元元自己，竟然没有人听懂元元的话。

更确切地说，谁也没注意到元元在说话，且是在指认“凶手”的“罪行”。

何晴松了一口气。

她的“罪行”没有被发现。但她却由此产生了强烈的罪恶感，虽然她只是一个学龄前儿童。

她从此再也不敢掐元元了。不光不敢掐元元了，她也不敢去欺负任何一个小孩甚至任何一个生物了。因为她知道，一件坏事，只要做了，就有证据，就有可能被发现。而在元元开口说出那个“掐”字之前，她从来没有意识到自己在伤害人，而是觉得自己创造了一个意外，那就是所有人都能逗元元笑，只有她能把元元逗哭。也就是说，她在作“恶”时，压根不认为那是“恶”。

何晴一直不敢把这个秘密说出来，直到她自己成为一名心理医生。或者说，所以她才成为一名心理医生。

她说，我们不能指望人天生高尚，但教育的基本职能是要让人分辨善恶，并引导人向善而行。而分辨善恶的最直接有效的方式，就是曝光恶行并加以严惩。

世间有太多恶人，就像儿时的何晴一样，根本不觉得自己是在作恶，反而为自己的独特行为沾沾自喜。

所以，永远不要说一个孩子因为“只是个孩子”而应该被无限原谅，那只会放任他走向更大的邪恶。只有被发现或被严惩，激起他内心的罪恶感，才能拯救他。

大客户

我们从小就明白一个道理，同一种东西，在购买时，零售价和批发价大不一样。

毫无疑问，零售价贵，批发价便宜。

所以我们在买东西时，就开始训练自己讨价还价的能力，试图从量的优势上争取到“批发价”。

比如一根口酥一分钱，贫穷的小学生一般只能买一根。如果这时有个大款，竟然拿出了五分钱，那么他就可以享受“买五送一”的待遇，拿到六根口酥。

脸皮厚的孩子，如果拿两分钱，也会缠着多要一根，觉得自己已经是“大客户”了。耐不住磨的小商小贩也可能会再让个半根。

但毛城不会。

毛城是刘营小学唯一的商贩，虽未经法律许可，却经过了校长许可。他每天从早到晚在校园里摆摊，垄断经营，坚持卖东西不还价。

到了初中就不一样了，不光老师们开的商店不止一家，茴村街上来学校卖饭的也有三四家，竞争机制自动产生。

花生牛轧糖五分钱一颗，如果你能买五毛钱的，就会获得十一颗。一块钱则能得到二十三颗。买得越多，优惠力度越大。

有一天，学校里来了一个卖包子的女孩。她虽然人看起来有点迟钝，但她的包子却长得很漂亮，面发得很暄，馅调得很美味，最关键是，她的“大客户”标准很低。

包子本是一毛钱一个，遇到买两个的就会被她认定为“大客户”，多给一个包子。于是乎，一毛钱一个包子，两毛钱买到三个包子。

但这姑娘确实没有辜负她表面的迟钝，只要购买量超过一个，她都会额外赠送一个包子，而且只赠送一个包子。也就是说，你买两毛钱的，她送你一个包子，你买两块钱的，她还是只送你一个包子。

显然，这种优惠方式让学了初中数学的孩子们意识到了其中的“油水”。

于是，我们如果想买一块钱的包子，不会直接给她一块钱，因为这样的话，一块钱只能买来十一个包子。我们要把一块钱平均分成五份，每两毛钱可以买到三个包子，那么一块钱就买到了十五个包子。

这样分开来买，同样的一块钱之间，相差了四个包子。

卖包子的女孩完全没去想其中的不同，还是乐呵呵地接手一单又一单生意。

她从来没有想过，为什么自己的每一单生意，都是相同的两毛钱。

那个女孩卖的包子真的好好吃，韭菜鸡蛋馅的，韭菜绿油油，鸡蛋黄灿灿，包子暄乎乎。

可惜的是，没过几天，这个女孩就消失了，她再也没来我们学校卖过包子。

两边派

我是一个不会游戏的孩子。

从小到大，别人掌握得无比熟练的游戏技巧，我均一窍不通。

篱儿曾为我若干年后的退休生活担忧。她说姐姐，到时候别人都会跳广场舞，你总不能随身带着桌椅笔墨，在广场上一坐，说来来来，我给大家作一首诗吧……

瞬间，预感自己的老年生活凄清无比。

因为，诗，姐也不会作。

小时候，我不会跳皮筋，不会抛石子，不会丢沙包，不会踢毽子……我特羡慕那些身手敏捷的女同学，她们玩什么都能得心应手，会跳比自己还高的皮筋，会唱着押韵的歌儿抛上抛下玩石子，会跑来跑去躲避随时飞来的沙包，会踢各种各样花式的毽子……好像每一种道具都和她们心有灵犀，乖乖听她们的话。而同样的道具一旦到了我这里，马上就成了调皮的坏家伙，专门和我对着干。

我很沮丧。

在任何年龄阶段，会玩都是一个人掌握社交主动权的砝码。我就这样成了一个自我孤立的孩子。

认清事实甘于现状的我，却总有着一帮不甘于现状的朋友。她们不忍心看我一直在圈子之外，就拉我一起参加各种游戏。

但凡游戏，都要引入竞争机制才有趣，所以一般分为两班，一局一局来比赛。每当这时，我这个注定会拖后腿的人，就成了两班人为难的对象。不让我参加吧，怕我伤心；让我参加吧，无论加入哪个班，都会直接影响该班的总成绩。

少年的智慧是无穷的，大家发明出一个游戏角色叫“两边派”。

所谓“两边派”，其实就是一个可有可无的不算数的角色。无论哪一班上场，我都可以参加，如果我过不了关，比如皮筋跳不过去，所在班中的高手就有一次“救”我的机会，出来代替我过关……

如此一来，最不擅长游戏的我反而成了出场最多的一个。没有人嘲笑我，每一个承担“救”我的任务的人，都是郑重其事地出来，完美地完成动作，也相当于多了一次表演的机会。

多年以后，再次回想当年当“两边派”的经历，不禁感动于小伙伴们的善良与纯真，那是特定年龄、特定时代的友谊，弥足珍贵。

那么，我是不是得考虑学个广场舞？

这款妈妈怕“麻烦”

到了医院，母亲和姐姐争着拿住院所需的物品。我要从母亲手上接下来，她执意不从，一个七十多岁的老人，几乎承包了所有的体力活。

“我拿得完!”母亲说。

我哭笑不得：“我知道，你拿得完。可是我们两个年纪轻轻的空着手，让我们的老妈妈拎着所有的东西，您觉得可合适?”我指着来来往往的病人和家属，“人家看见了，一定要‘夸’，这两个闺女可真孝顺!”

妈妈被我逗乐了，不得不分出一些给我，还要掂量一下轻重，生怕累着闺女。

到了医院，尚且没有床位。但是医院实施人性化接诊，如果病人在本地有地方可住，可以办理预住院，先做检查，待到有床位时再入院进行后续治疗。即使真的等不到床位，像我们这种离家近的，也可以办理24小时入院并出院的特殊手续，只需在住院区阳台的椅子上输液即可，输完就能回家。

妈妈觉得这样好极了，可以省下床位费。只是，白白地带了一堆住院必需品，又不方便拎来拎去。

于是，姐姐在一楼看着行李，我拿着一堆检查单子，带母亲上楼，先做检查。等待的空当，我便跑上跑下为其他检查排号。

排了B超排CT，已近中午。B超排到了下午，CT需要马上做。

可是，等我上楼，发现妈妈等待的检查还没排到。她说，手机忘楼下了。

我说，我下去拿。

妈妈说，你又得跑一趟！大有自己下去拿的架势。

我说，你要在这里等着做检查，我正好趁这个空当下去拿，说不定拿上来，你检查也做完了。

我拿上来手机时，妈妈一脸愧疚，觉得自己忘性大，害闺女多跑路了。

为了做CT，从门诊楼跑到五号楼，弯弯曲曲像是走了几里路，医生却说下班了，只能下午做。

妈妈又开始自责，说自己走得太慢了。我只好安慰她，这怎么能怪你呢？要怪也怪我呀，要是知道上一项检查等那么久，我应该第一时间带你来做CT才对……

于是，妈妈总算忘了自责，转而安慰我。

等到了输液的那天，对时间的预计出了差错。护士本来说下午六点左右可以输完，我说这样挺好，我正好下班来接你们。

谁知，第二种药输得太慢，我下班到医院停好车后，正在上电梯，姐姐发信息说，一时半会输不完，你还是吃完饭再来吧。

我说我已经来了。

看见我，妈妈明显是开心的。可她依旧为我来得太早而愧疚："你看，我说到六点输不完吧？你看你来这么早，又得在这里饿着了……"

我说怎么会饿着？楼下有食堂。

妈妈说咱不去买东西吃了，不然你还得下楼，下个楼太不容易了，咱等回家再吃吧。

妈妈一辈子就是这样，能忍则忍，能省则省。可是，她一边担心我饿着，一边却坚决饿着自己。母女三人坐一起聊天，把记忆深处的事情都掏出来重温一遍，倒是其乐融融。平日里我忙着工作、带孩、写作，从没有这样放松的时光。

但是，饿的确不是件舒服的事情。

我起身去护士站问情况，得知可以提前结账，便向妈妈要了身份证，说我先下去结账，回头输完液就可以直接回家了。

母亲又愧疚了："那不得又让你跑一趟？"

我说我是你闺女，跑一趟怕啥？

妈妈无奈地叹着气。似乎上下楼这一趟就能累着她闺女。

我下到一楼，结账只用了两分钟。于是，索性下负一楼食堂碰碰运气，看还有没有吃的。

到负一楼一看，人声鼎沸！医院的食堂卫生又实惠，我只花了三十多块钱，就买了一只鸡腿（我本计划买六只的，一人吃俩，结果人家只有一只了）、一大块三角发面饼、一笼蒸饺、一笼杂粮，还有半只肘子。

买肘子的时候，老板还极贴心地给切好，放入洋葱和调料，就成一道硬菜了。

我拎上楼，妈妈又嫌我花钱买东西……我说在医院吃饭是不赔本的，这么多东西，咱三个人都没吃完，可是花的钱还不够带逗号吃顿肯德基的……

吃着，聊着，时间一分一秒过去，难得的亲子时光。哪怕这“子”已是中年，哪怕母亲已白发苍苍。

有病人在楼道里散步，看见我们，羡慕妈妈有两个闺女陪着说笑。妈妈骄傲起来，说到了儿子那里，儿子就陪着说笑；到了闺女这里，闺女就陪着说笑。

我打趣：“所以，生孩子还是有用的。”

妈妈说，当然有用了。咱庄上没孩子的人家，既不会跑到这里来看病，也不知道有这样的药。

输液输到最后一瓶时，都九点多了。中间堂妹打来电话，妈妈忘了自己手上还有扎的针，接完电话，发现手面上鼓了个包。

我说这是鼓针了，得叫护士。

妈妈说先别叫，大晚上的，人家护士也很忙，我现在不是很疼，说不定一会就不疼了，观察观察再说吧。

我明明看着她手面上有个包，可妈妈非不承认那是个包，非说不太疼，不让叫护士。

姐姐来看，也说有个包。

可妈妈就是不让我们叫护士。我指着输液管让她看，是不是滴得越来越慢了。

姐姐见状，叫来了护士。护士一看就说鼓针了，马上着手重新扎针。

妈妈一直不停地向护士表示抱歉：“实在不好意思，人到老了就不中用了，我就接个电话，结果忘了自己手上还扎着针……”

护士小姐姐安慰妈妈：“这有啥呀？谁还没个忘的时候？我们年轻人也是遇事转头就忘呢。”

妈妈说："你看，这不就给你们带来麻烦了吗？你们那么忙，还值夜班，本来就够辛苦了，还要来帮我再扎一针……"

护士笑了："没事。我们是很忙，但忙的不就是病人吗？"

直到善解人意的护士推着小车回护士站，妈妈还在为麻烦了护士而自责不已。

姐姐说："咱妈妈这一辈子，就是怕麻烦别人。就连自己的孩子，她也觉得是别人。"

于是，母亲说起当年，舅舅妗子生下妹妹，为了躲避计划生育政策，把妹妹放在我们家。有一天晚上，妹妹忽然生病，发烧、拉肚子。父亲说，咱得带孩子去医院。妈妈问要不要通知我舅，父亲说通知他们干啥？通知了，他们只能一起担心！

就这样，父亲帮助妈妈照顾自己妻弟的孩子，却怕麻烦妻弟。

有一次，妈妈在舅舅家照顾姥娘，周末回家时已经是晚上。在路上，她开着电动车摔倒了，胳膊上摔伤了一大块。这件事，妈妈不光瞒着我们，还瞒着我爸。因为，她怕我爸发现她受伤，就不让她骑电动车了。不骑电动车，她怎么去城里照顾老母亲？至于身上的伤，她连医院也没去，休息了两天，就赶回去继续照顾我姥娘了……

还有一次，父亲骑着电动车带母亲去城里要账，在过一个红绿灯时被一辆车挂住，摔伤了。因为没有监控，也没找到逃跑的肇事者。父亲的伤很重，可他坚决不让妈妈告诉我们。直到现在，父亲脸上还留着一道明显的瘢痕。

而八年前的冬天，父亲半夜肚子疼，疼得受不了，怕影响妈妈睡觉，他愣是一夜没睡，忍着，连呻吟声都不发出来。早上母亲发现，赶紧联系车去医院。到了医院，才发现是阑尾炎，要手术……

听到这些，我很难过。我说妈妈，你们这样做是不对的。出了这样的事情，你们当然要首先想到自己的儿女。万一有个好歹，我们得多后悔。

妈妈却不以为然，她说你们一个个都很忙，我们只要自己能解决的，就不想让你们担心……

是的，父母就是这样，有什么事情，就自己去忍去扛，生怕耽误了孩子的学习、工作。

而我们在成长过程中，给父母找了多少麻烦呀。

养儿防老。辛辛苦苦拉扯大几个孩子，不就是在自己无能为力的时候，可以指望的吗？

我要求父母，以后，要做会撒娇的父母。当儿女的，就喜欢被父母麻烦，麻烦是一种爱，是一种信任。就是没有麻烦也要想方设法制造麻烦才对，这样才能多见面、多沟通。

你养我长大，我陪你变老，何来“麻烦”？

野生的孝心

夏末秋初，当地里的庄稼唱起迎接丰收的歌，各种各样的野果也成熟了。

顶着大太阳，一个三四岁的女孩在家后的草丛中穿行，黑豆[①]、香姜[②]、马扑[③]……没有任何一颗成熟的野果能逃过她的火眼金睛。她熟悉这里的每一寸土地、每一个高岗低洼、每一株树每一棵草。这话可不是吹的，她虽然来到人间才不过三四年，却几乎天天都要把房前屋后摸排一遍。

这个小人儿，就是童年的我。我最热衷的事情，就是找黑豆，找香姜。虽然马扑金灿灿圆滚滚的也好看，却不好吃，只能顺便采来玩。

我沿着熟悉的小径走过路边、坑沿、地堰沟[④]，观察每一棵植物。哪一棵黑豆今儿个该熟了，哪一棵香姜今儿个该黄了，我都知道。坑里没有水，长满了一人高的野草，其中不乏野果。

---

① 黑豆：一种野果，成串的，绿豆大小，圆形，由青变黑时，可以吃，味甜。

② 香姜：一种野果，有薄薄的外皮，圆形，成熟时由青变黄，可以吃，味香甜。

③ 马扑：一种野果，状如西瓜，圆形有花纹，大小如弹珠，成熟时由青变黄，不好吃。

④ 地堰沟：永城方言，地块与地块之间，为了区分每家每户的地而特意留出的宽约20厘米的浅沟，一般不种庄稼，是野草的乐园。

这一天，清起来[①]，天还没亮，母亲就骑着洋车子赶会去了。洋车子后座上，横跨着一个双篓的大驮筐，两个篓里装满了钯锔[②]、转轴[③]，那是父亲打的铁货，母亲要把它们驮到会上换成钱。而父亲，则负责继续在家打钯锔和转轴。

据说母亲在出嫁之前是备受姥娘、老姥娘宠爱的，平时没有干过重活。但结婚之后就不一样了，父亲是家中老大，什么亏都要吃，什么便宜也不能占，活要多干，果要少拿。就这样，母亲一夜之间成了长嫂。

和奶奶分家之后，为了维持小家庭的运转，父亲先是溜乡补锅补盆修锁配钥匙，十天半月不着家，在那个没有电话、手机的年代里，母亲常年处于担惊受怕的状态中。后来，父亲在家里支起了炉子打铁，总算不“出差”了，母亲的一颗心放在了肚子里。但是，因为父亲手艺好，打的铁货耐看又实用，总是供不应求。为了让父亲多打点货，母亲就承担起了卖货的重任。

但母亲不会骑洋车子。

老家，像母亲这个年龄的妇女，基本上都是不会骑洋车子的。所以上学时，每当我妈骑着洋车子去学校看我，都会引起同学惊奇的目光：“你妈妈可真有本事!”

我就会无比自豪，会骑车算什么？我妈妈的本事可大着呢，她还会喊着“得得窝窝”的口令赶毛驴车，会织鸡心领

---

① 清起来：永城方言，清晨。

② 钯锔：永城方言，建筑时用于固定木头的铁器，长约20厘米，两头弯且尖。

③ 转轴：永城方言，圆形铁器。在农村，用绳把转轴拴在牛羊脖子里，起固定作用。

元宝针的毛衣，会抡起十斤重的大铁锤砸断拇指粗的钢筋……生活的重担，让我的妈妈变成了无所不能的女超人。

母亲骑洋车子，是自学成才。

父亲把打好的铁货装好，放在车后架上，瘦小的母亲摇摇晃晃推起洋车子就直接出发了。

母亲说，她划着脚蹑子①，划了足有二里地，才跨上车座子，晃晃悠悠往前骑。眼看着前面有个麦穰垛，母亲心内打起小鼓，念叨着："千万千万别撞上那个麦穰垛！"结果，母亲的念叨就像是在瞄准，让她准确无误地直冲麦穰垛而去，毫无悬念地撞上了。

有一次，骑到半路，车胎竟然被不知什么东西给扎破了，母亲只好推到会上，让人补胎。胎补好了，收两毛钱。可当时母亲车上的货还没卖，身上只有一毛钱，那修车人说一毛就一毛吧，一个媳妇骑车赶会，怪不容易的。

还有一次，母亲骑车去要账，要到了一张整的十块钱。母亲觉得十块钱可真是一笔巨款，内心很兴奋。当时母亲的肚子里怀着我，路过一家西瓜摊，看着那切好的一牙一牙鲜红的西瓜，她忽然好馋。一牙西瓜才五分钱。可是母亲身上除了那张十块的票子，再没有零钱了。她想，如果吃了西瓜，这十块钱就变成了一堆零钱。于是，母亲狠狠心，没舍得吃西瓜就回家了。

但是直到现在，提起往事，母亲似乎还在馋那几十年前的路边鲜艳欲滴的西瓜。

我埋怨母亲："你怀着我，当然想吃什么就吃什么，这

---

① 脚蹑子：永城方言，自行车的脚踏板。

样我才长得好呀！”

母亲内疚地说：“可就是不舍得嘛。”

我佯装生气：“怪不得我长不高，一定是因为你少吃了那牙西瓜！”

母亲就笑了，当了几十年听众的我却几乎哭出来。

回到我两三岁时的那一天。

母亲驮着铁货出门后，哥哥姐姐也陆续上学去了，家里就成了我和父亲的二人世界。

父亲拉着风箱①、烧着炉子，熟练地打着各种铁货，他没有时间专心致志地看孩子，只能任由我闲逛，隔个几分钟，他会高声喊我的名字，从我清脆的或近或远的回答里确认我的安全。

我很听话，就在家后那一片转悠，决不超出父亲的喊声所能到达的范围。

当我成功找到一小把亮晶晶的黑豆时，收获的喜悦竟唤起了天然的孝心。我飞快地跑回家，跑到正拉着风箱的父亲面前，伸出小手：“大大，看，黑豆！”

父亲年轻的脸上露出了慈祥的笑容：“找恁多黑豆？瞧瞧真能②！”

“大大，你吃！”

父亲本能地拒绝：“大大不吃，瞧瞧吃，瞧瞧吃了好长大。”

---

① 风箱：一种给炉子或土灶送风的装置，木制，有把手可推拉。

② 能：永城方言，厉害、有本事。

“我吃过了。大大，这是留给你的。”我执意要父亲吃，父亲执意不吃，或张嘴装作吃的样子。在父女俩这种拉锯游戏中，小小的我生气了：“你不吃我就不走了，看你咋打铁！”父亲看出了我的真心实意，他只好张嘴凑近我的小手，把黑豆一口“吞”掉。我“咯咯”笑着，心满意足地跑开，又踏上了寻找野果之旅。

我找啊找啊，边找边吃。但家后就那么大点地方，每一棵野草都被我找了不下十遍，实在找不到了。草丛中孤单的我，生出了无限的疲倦和孤独。

我垂头丧气跑回家，开始“闹人①”。

父亲放下手中的活，哄我，得知我找不着黑豆了，他忽然变魔术一样，伸出大手。

我立刻停止了哭闹，惊奇地看着父亲的大手。那手心里，赫然是一小把亮晶晶的黑豆。我破涕为笑，抓在手里，喂父亲一颗，喂自己一颗，父慈女孝，其乐融融。

原来，我孝敬给父亲的那把黑豆，虽然被父亲吞进了嘴里，但他却不舍得吃。他知道，这房前屋后的黑豆，总有找完的时候。他这个孝顺的闺女，早晚要来闹他。于是，等我一转身，他就把黑豆悉数吐出来，洗干净，放小碗里给我留着。果然，这把黑豆成为他哄笑我的魔术“道具”。

这一“光荣事迹”成为日后父亲数次提起，以证明我从小就有着一颗孝心的确凿证据。

但我找野果的壮举，却不止在家后。

① 闹人：永城方言，指孩子向大人哭闹。

小时候的农村，没有幼儿园。在整个学龄前，我不是跟着父母下地，就是和小伙伴们在村里疯跑。只要在合适的季节，植物就是我们的朋友。

夏天或秋天，我跟着母亲下地里，母亲侍弄庄稼，我就在玉米地里穿行。黑豆多长在地头的沟边，香姜却可能出现在地堰沟里，因为那里不种庄稼。我一个地堰沟一个地堰沟地“扫荡”，不知不觉就走出了好远。母亲干一会活，不放心，就高声喊我的名字。无论我在哪，都能听到母亲的呼唤并回应她。

和小伙伴们在一起，除了找黑豆、香姜和马扑，我还会找“笛菇①”。那是一种野草，春天时，地面上会生出一种絮，状如狗尾巴草。在成为絮之前，包裹在叶子里的部分很嫩，可以吃，有股清香，我们称这未成絮的絮为“笛菇”。而到了秋天，地面上的絮早就干枯了，地面之下，它的根一节一节的，白色，微甜，我们会挖出来嚼。在春天找笛菇时，我们会边找边念咒语：“笛菇笛菇，出来找媳妇。”据说，听到这样的咒语，笛菇就会忍不住探出头来。

真有趣，立足人类视角，万物都渴望伴侣，就连一株野草，也抵御不了媳妇的诱惑！

---

① 笛菇：一种野草。

姑奶奶不赊账

九年前，我84岁的姑奶奶从湖北回娘家。

全家人聚餐时，桌子连桌子摆了好几张。看着娘家上下四十多口人，姑奶奶被这人丁兴旺的景象给感动了。

此时的姑奶奶，满口牙齿完好，竟然还能啃得动猪蹄。

讲起辛酸往事，她说起嫁到湖北后，曾度过一段最艰难的日子。那时，姑爷爷上工，她一个人拉扯着几个孩子，每个月的生活费都是入不敷出。每当姑爷爷发工资，姑奶奶就拿工资数额和要支撑的天数做除法，每天的开支只少不多，确保有节余。

可是，半大小子，吃穷老子。几个孩子都处于长身体的时候，那么一点钱，别说营养，连温饱都谈不上，全家人整天处于半饱不饱的状态。

有邻居劝她，钱不够的话，该借就要借；东西不够，该赊就要赊，不能把大人孩子都饿出病来。

姑奶奶知晓邻居的好意，虽不明说，却在心里拿着准主意。“我一不借钱，二不赊账，有多少钱就过多少钱的日子。这个月借了，下个月就要还，那么下个月的窟窿岂不就更大了？月月借，月月还，最后非得喝西北风不可！”

所以，无论多穷，姑奶奶就是硬气地勒紧裤腰带，愣是不借钱不赊账，也就挺过来了。

不知是不是基因使然，从小衣食无忧生活富足的我在大学毕业后和先生一起过起小日子时，竟然也无师自通地确保财务不超支。

有一次，事务所的一位经理借我出差到一个项目上，同行的还有司机小郭。不过，小郭比我大许多，且长相老成。

一次，在餐桌上，该经理问我，所长给你发多少工资？我说试用期600，期满后700。他说，那也太抠门了，你能够花吗？

我说，我天生具有理财的本事，无论钱有多么少，我都确保每月有节余。

这位意图“挑拨离间”的经理马上忘了自己的初衷，赞叹：“厉害呀小姑娘，谁娶了你可就幸福了。”

这时，我发现盘子里的豆芽发得不好，随口说了句：“还不如我自己泡的豆芽呢。”

“天哪，你还会泡豆芽？”他目瞪口呆。

这有什么稀奇的？难道制作美食不应该是吃货的天赋吗？

但他不这么看。

他追问：“那你有男朋友吗？”

这哪跟哪呀？但我还是老实点头：“有，并且不准备换，我是从一而终型的。”

他一边看着小郭一边摇头叹息：“可惜呀可惜，小郭没机会了……”

小郭笑了。

我也笑了。

看，我多像我的姑奶奶。

虽然那时，我还不知道姑奶奶不赊账的故事。

幽默是忧伤的饱和版

记忆中，有一个很特别的初三的夏天。

那一年，因为永城一高五月份举行了提前招生，放在现在就叫“掐尖”，作为幸运的一员，我得以在儿童节去一高报到，提前体验高中生活。

也就是说，那个六月，我既不是初中生，也不是高中生，而是介于二者之间的高中生预备役。

而我的初中同学们，还在茴村南的漫道地①里的二初校园里苦读，备战六月底的中考。

被选中的140个人，分成两个班。

而宿舍，则是在现有的宿舍空位中随机分配。同一个班的女生，可能分布于不同的宿舍。

我和同样来自二初的芸儿被分在了同一个宿舍。

一个周末，宿舍的人都走光了，只剩我俩。现在想来，实在不明白，我俩为什么不想家。

下雨了，夜，更显深沉和恐怖。

可是芸儿很开心。

当我们躺在床上，我正担心晚上做噩梦时，听到芸儿来了句：“我最喜欢听雨了。”

从字面上来说，这是一句挺浪漫、挺有情怀的话。可当

---

① 漫道地：永城方言，指荒郊野外、人烟稀少之处。

时，我却浑身起鸡皮疙瘩，觉得她好假①。

但今天的我知道，她说的是真的，她真是这么想的。我之所以当时没品出来，是因为我的心提前衰老了，看不惯为赋新词强说愁。而事实上，那时的愁，都是真愁，反倒是成年以后，才真正失去了愁的资格。

抒情散文，是一种只适合青春的文体。

那个年龄，总是会伤春悲秋。之所以没事找事地忧伤，就是因为没事。经济负担由父母承受，升学压力由老师扛着，剩下能做的也只能是没事找事了。青春期的少女很容易感伤，而感伤的素材全是自己臆想出来的。比如觉得把青春浪费在校园的高墙之内，是多么残忍。比如觉得一定要走高考的独木桥，是多么庸俗。比如觉得自由诚可贵，却不得不禁锢自己的内心。比如觉得恋爱这事没有早和晚，只有爱或不爱……

现在看来，浑身起鸡皮疙瘩，简直是为赋新词强说愁！

正是因为涉世未深，诸事不懂，所以才会脑洞大开，无谓伤感。

日后，当我们走进当年盼着踏入的自由世界后，才发现，现实很残酷，连忧伤的机会、资格和时间都不会给你。

我再也写不出抒情的话。

时至今天，再看到中年女性写抒情诗、抒情散文，我就会想起若干年前那个特别的夏天，那场把天变黑的雨，那个声称“最喜欢听雨”的女生，而鸡皮疙瘩反应更为敏捷，会先于回忆复苏，蔓延身心。

---

① 假：永城方言，矫情、做作。

起鸡皮疙瘩之余，我会羡慕这些“过气”的“少女”，至少，她们还有勇气和心情抒情，有胆量和勇气忧伤。而太多人，如你如我，从不敢面对从外到内的遍体鳞伤，无论多忧伤也不敢承认。

憋着。

用笑憋着。

于是，我听到了平生最忧伤的外界评价：“你真幽默。”

“失不再来”的狂欢

说出来可能会让人笑掉大牙，23 年前，在高考结束后那个最该彻底放松的晚上，在那个同学们把酒言欢、吹牛许愿的晚上，我手持英语单词本在租住屋里熬了学习史上第一个夜。这一匪夷所思的行为，大概是有史以来高考学子中最“疯狂”的举动。此后余生，每到高考时节，我都会对那场错过的狂欢耿耿于怀。

那时候，高考在七月举行，因其隆重被视为一个专属季节，我们称其为“黑七月”。尽管真正的考期只有两天半，却足以把这个月以及此前的十二年苦读渲染得暗无天日。

可能正因如此，正值人生最美年华而不自知的孩子们，无论在备考过程中是否尽力，无论临场发挥是否超常，一旦走出考场，大多如释重负，拉开考后狂欢的序幕。

然而在 2000 年的 7 月 9 日，一年一度的高考落幕，在不约而同的狂欢仪式里，有一例外。这个例外就是我。

那个下午，送别了前来祝贺我“脱离苦海”的兄姐，回到租住屋，看到桌上高达四五十厘米的复习试卷，我忽然很难过。因为，这是些空白的试卷，我还没来得及做，而此刻，它们都随着高考的结束而过期了。那一刻，我才大梦初醒般意识到，在这场重要的人生角逐中，我一贯的厌学、叛逆、吊儿郎当是多么无知、愚蠢、可笑。

接着，在和同学互对答案时，我绝望地发现，平时唯一能拿得出手的科目——数学，模拟考试成绩从不下 140 分的数学，竟然因为大意而失了 40 分。那一年的数学客观题出奇的简单，简单到我即使提前五十分钟答完全部题目，在剩余时间里将主观题来回检查数遍，也没有回头看客观题一眼。然而，我过于自信了。在平日里数学最弱的同学都答对了全部客观题的情况下，我竟然在自以为万无一失的项目上错失 40 分。在分分必争的高考战场上，这无异于天文数字。

我知道，我完了。同样长短的十二年求学时光，我却把别人用于争分夺秒追求理想的时间用于伤春悲秋虚度年华；同样的角逐场上，我却把本该慎重检查的时间用于盲目自信。而高考，是一种报应，种瓜方能得瓜。我和别人一样长到了十八岁，别人上了北大，我却只能回家打坷垃。

不，我决不愿意回家打坷垃。于是，在这个夜晚，在这个所有同学都相约出去庆祝的狂欢时刻，我拒绝了所有的邀请，享受了史上最深的孤独。

别人的欢聚时刻，我守着罪有应得的寂寞。

我自作主张给自己当年的高考结果判了死刑，给不久的未来贴上了必然“复读”的标签。经全面检视、深刻自省，我承认，英语是入学以来最差的一科。于是，从最弱的科目补起，我背了一晚上的单词。

清晰地记得，为了让教训更深刻些，我惩罚自己连晚饭也没吃，就进入了“主动复读”状态。七月炎夏，天气闷热，台扇轰轰转，蚊子嗡嗡叫，我郑重地翻开从未翻开过的单词书，背着那些从来没背过的单词，内心无比安静、无比认命。

背着背着，我竟然因为疲惫和饥饿睡着了。不知几点，忽然听到窗外有人喊我的名字，一声又一声。我醒来，从窗口探出头去，发现楼下一墙之隔的校园里，站着同学阿黄，一副微醺的模样。

“阿黄，什么事？”

她摆摆手，笑着说：“没事，就是路过这儿，发现你屋里的灯还亮着，所以喊你一声，看你在做什么……”

我没敢告诉她我在做什么。顾左右而言他地闲聊了几句，她走向校园深处，我重新坐回桌边，继续背单词。

就这样，背着背着，又不知不觉睡着了。

又不知过了多久，大概已是下半夜，我再一次被熟悉的叫声喊醒。

这一次，路过的是阿芹。她也是从考后狂欢现场归来，路过，发现我窗内的灯亮着，就想喊我聊聊天。

我同样没有告诉她我在背单词这个诡异的事实。待挥别阿芹，我又打起精神，背起了单词。

没有任何悬念地，我第三次睡着，第三次被喊醒，隔窗和一个记不起名字的醉酒男同学聊了几句，然后，再告别，再坐下来，再翻开书。

这一次，我注意到闹钟上的指针，是凌晨三点半。

这一次，我没有再睡着，也再没有人路过我的窗前。

结局并不如我所预想的那般悲惨，也可能比我的预言更悲惨。虽然数学成绩差得史无前例，虽然我和自己心心念念的 H 大中文系失之交臂，却不至于落榜。最终，我被 C 学院会计学专业录取，一个胸怀文学梦的少女走上了与数据相爱相杀的不归路。在那个没有微信朋友圈的年代，这一剧情的反转一度占据我的现实朋友圈黑色幽默之榜首。而我在本该狂欢的高考结束之夜却背了整夜的单词，也成为朋友们取笑至今的把柄。

此后的二十多年里，我曾数次梦见高考。据说，很多人有和我类似的梦境，梦中人在不同的场景里面对着天书般的试卷，内心打鼓："我明明已经大学毕业，明明已经上班，怎么又回来参加高考了呢？"经历焦灼的一夜之后，必然在恐惧中醒来，长舒一口气，还好，只是个梦！

我们说，不知道为什么会经常做起这个挥之不去的梦。而事实上，我们对此心知肚明，我们很清楚为什么高考如同一场梦魇。那是因为，在本该全力以赴的青春里，我们未曾尽力，在漫长的人生旅程中，我们心存不甘，可时光一去不返，没有什么可以重来。哪怕我一改年少轻狂的模样，沿着财会专业之路一条道走到底，愣是把自己修炼成注册会计师、注册税务师，以至让不明历史真相的人们误以为我是"学霸"。中文系依然成为我心中那块名叫"梦想"的伤疤。这伤疤带来的后遗症，依然是那场"失不再来"的、此生唯一的、本该最理直气壮的狂欢。

我也曾忍着那伤疤带来的隐痛，试图以亲身经历告诫侄女外甥们，如果一段时光注定只能用来学习，那么，无论学或不学，时间一样会过去。聪明的孩子一定不会虚度光阴，以免留下终生悔恨。看着他们如我当年般不以为然的脸，我知道，他们不会明白，因为他们还没有尝过悔恨的滋味。

啥也不说了，今朝考完今朝狂，哪管明日又如何！

镜　子

那已经是二十多年前的事情了。

当时的高考还是在七月。

在一个临近高考的夏日夜晚，因提前花光了当月生活费而饿得睡不着的他，和一帮兄弟们一起去谈恋爱。

没错，确实是“一起”，也确实是“谈恋爱”，只是一起的是兄弟，谈恋爱的只有他自己。那样的年代，那样的青春，就是有着那样的兄弟和恋爱。

酷热又前途渺茫的夏天，那一刻，他忽然非常想看到她，非常想。于是，同租一个院子的好兄弟极为义气地陪着他，骑行去女孩家。

恋爱的前途，因学业的前景渺茫而更渺茫。她是城里孩子，美丽、阳光、成绩好。虽然现在坐在同一间教室里，但在日益逼近的高考之后，最大的可能就是天各一方。

学渣爱上学霸，高考就是打散鸳鸯的那根棒子，稳、准、狠。

作为学渣，他理所当然地坐在后排。

作为学霸，她毫无悬念地坐在前排。

往后余生，他对高中时代最深的记忆，就是从后排遥望前排时她专注的背影。

多么美好！

他曾在晚自习结束后和一众家在县城的同学一起“顺

路”送她回家。这一路的甜蜜，在其他同学陆续到家，最后仅剩他和她时达到高潮。

看到她到家门口，和他再见，转身开门，推车进院，关门。

她不知道的是，无数次，他扒着院墙，眼巴巴望着，等待一个房间的灯光亮起。他知道，她就在那里，熬夜复习，然后安睡……

寂静的深夜，他推着自行车返回住处，最初只是慢慢走，因为不舍得，因为越走离她越远。后来，他会跨上车，疯了一样骑得飞快，用速度发泄内心说不出的闷和烦。

而这个夜晚，刚刚送她回来，刚刚躺在床上，他却不知为何就鼓起了勇气，想在毕业之前，看看她，看看那亮灯的房间。哪怕，最终也不敢说一句喜欢的话。

青春期的男孩子，行事无须理由。哥几个一听，马上来了精神。

就这样，四五个男孩一起骑着自行车出发了。

那条通向她家的路变得无比漫长，但无疑让人振奋，因为他离她越来越近了。

终于，到了那熟悉的院门前。万籁俱寂，只剩心跳。

那一刻，他不敢犹豫，怕兄弟们笑话，也怕自己后悔。

就这样，平时就是篮球健将的他，以投篮的姿势攀上了院墙，轻轻落地，来到了依旧亮着灯的那个熟悉的房间。

兄弟们都趴在院墙上，为他提供望风放哨服务。

奇怪的是，明明暗恋女孩的是他，可这兴奋与刺激，对于扒着院墙的兄弟们来说，却是共同的。

他敲门进房间之后，兄弟们就看不到情节了，一个个望穿秋水，盯着那扇窗。

忽然，女孩的母亲出现了，她端着一杯奶、一盘水果，走向了女孩的房间。看来，当妈的很了解自己的孩子，知道女儿在熬夜复习，会为女儿送上夜宵以补充营养。

扒在院墙上的兄弟吓呆了，本承担着风险预警职责，此时却呆若木鸡，眼睁睁看着他的“丈母娘”走向了案发现场……

“丈母娘”只是形式化地轻敲了一下门，就径自进去了。

可是一推开门，他们都看到“丈母娘”的身影在门口愣怔了一下，仿佛有一万年。

当然没有一万年，不然大家都成化石了。那可能最多不过五秒钟，可是在当事人来看，都觉得这数以秒计的时间被施了魔法，变得无限长无限长……

扒在院墙上的兄弟交头接耳：“老大不会被打吧?”

“这下可歇菜了!”

“老大要出名了!”

……

然而，期待中的大叫和暴揍声迟迟没有传来，倒是在几分钟后，传来了像是拉家常的话别，声音越来越近，那是“丈母娘”和他边走出边聊。

“丈母娘”说：“天黑，回去路上小心点。”

他声音里充满没有消除的尴尬：“没事，我走夜路惯了。”说完，又觉得哪里不妥，却已经无法更改。

“丈母娘”打开院门：“我就不留你了，大侄，学习别熬夜熬得太晚。”

他慌乱地“嗯嗯”着出了门，“丈母娘”还在后面道别：

"路上小心啊大侄……"

直到"丈母娘"把院门关上，听到院子里重新恢复了寂静，隐藏在黑暗中的兄弟们才蹑手蹑脚出来，轻推着自行车赶上步行的他。

对于当晚发生的事，他守口如瓶。

多年以后，兄弟们都已有家有口，且分布于大江南北。在某次过年大家一起喝酒的时候，他才在大家的好奇和追问下讲了那晚发生的事。

当时，他正在女孩房间里，刚刚从不知所措中转过神来。女孩很吃惊，却也带着惊喜。就在这时，他发现有人敲了门就要进来。情急之下，他只想着要躲一躲，不然，自己挨打事小，坏了女孩的名声可就罪过大了。

然而，开一扇门只是瞬间的事，他来不及勘察地形，顺势躲在了正在打开的门后。

他刚笔直地把自己贴在门后的墙壁上，就后悔得肠子都青了。因为，他看到，门对面的墙上有一面镜子。

更惊悚的是，那面镜子里，不光有笔直的他，还有目瞪口呆的"丈母娘"。

他本以为，女孩的母亲肯定要大声喊捉贼，然后一家人出来打他一顿，街坊邻居被吵醒，女孩哭着求家人放过他，头破血流的他被扭送到派出所，从此被贴上"流氓"标签，一辈子抬不起头来……

然而，一切恐怖的预感都没有发生。女孩的母亲只是愣怔了一下，就抬手止住了欲言又止的女孩，热情地给他打招呼："哎呀大侄子，你啥时候来的呀？"

他脸红脖子粗，说话也结结巴巴："我，我刚来……想问几道题……”

这谎撒的！有问题不能白天问？不能走正门？连本书都没拿？还翻墙进来！

可女孩的母亲完全不打算采用他脑补出的台词，反而让他吃水果，还问他家在哪里，然后，就问他还有啥事没，“有事你们同学聊吧，我先去休息了”。

这一下，他反而害怕了，急着说没事了没事了，自己要走了。

于是，女孩母亲就热情地把他送出了院子。

他说，这真是天底下最聪明的妈妈。

那时的他，对她，只是喜欢，这喜欢纯洁得就像雪花一样。

可是如果女孩母亲发现有男孩闯进了自己家，还闯进了女儿的卧室，当场大嚷起来，性质就变了，如同被践踏过的雪地，一片狼藉。

他当时就想，等我以后有了孩子，如果他早恋，我也一定要做一个像这个妈妈一样的爸爸。

一车花红

那是三十年前，他人生中做的第一单生意。

时近仲秋，早晚渐凉，白天却还是毒辣辣的太阳。

他和父亲拉着架子车，一早出发，至晚才到陈官庄，住到铁哥们家。

同学一家都很热情，虽然同是生活并不富裕的农村家庭，但待客的热情不减。当晚，招待他们的是一锅玉米面、白面混合制作的贴饼子，和一大锅烩菜。

好在天气不热不冷，睡觉的事情好对付，打个地铺就解决了。他和同学聊到半夜，虽小心翼翼不想触碰高考的话题，最终还是聊到了这一点。

他们都是班里的尖子生，平日里故作轻松时最常说的一句话就是：“哪怕考上S师专，我也去上！”

当然，当年的S师专也并不是好考的，同窗苦读的同学中百分之九十以上的人前途都是落榜，逃不脱回家务农的命运。在这些同学眼中，S师专已是遥不可及的梦。但是，对于成绩一直名列前茅的他们来说，若是甘于向S师专的命运低头，则实属破罐子破摔了。

然而命运就是如此残酷，他偏就发挥失常，虽不至于落榜，却一语成谶，真的收到了S师专的录取通知书。

那封被录取的喜报如果落到别人家里，本应是感恩祖坟冒青烟的喜讯，可到了他的手中，却发出了梦想破碎的声音。当父母为家里终于出了个大学生而骄傲时，他却赌气说要放弃。

就着月光，话题已聊到心底。同学小心翼翼地问："真要放弃吗？"

他沉默，像是睡着了。

他从小身子单弱，干不了地里的力气活，全家人节衣缩食，一门心思供他上学，希望他能跳出农门，吃上公家饭。

那年月，大学生还是凤毛麟角。从乡里的初中考到乡里的高中，再转学到县城的普通高中、重点高中。他从小跟着父母走南闯北练就一口标准的普通话，大大小小的朗诵、讲故事、演讲比赛都成绩佼佼。他铆足了劲向着名校一路狂奔，没想到却奔到了最低谷。

这个暑假变得酷热、漫长。

他知道，为了他的学业，这个人口众多的家庭已经不堪重负，复读是想也不敢想的。

怎么办？是继续，还是重返乡村当个农民？他拿不定主意。

在这种由失败的痛苦和对未来的彷徨无依构筑的双重煎熬中，父母从来没有问过他做何选择，却像是一直在耐心等待他做出选择。然而直到通知书上的开学日期近在眼前了，他还在沉默。

就在头一天晚上，父亲说："听说咱这里的花红七毛钱一斤，蚌埠那里卖到一块四，价钱翻一番呢。明天，我们到陈官庄起①一车，拉到蚌埠去卖吧。"

---

① 起：永城方言，进货。

他点头。他一直是个听话的孩子。

父亲起身时，像是犹豫不决，又像是不动声色，自言自语般说了声：“咱农民的日子，就是这样子过。”

他内心震了一震：从此，我真的就要当个农民了吗？

花红，是一种长相极像苹果，却比苹果体型小很多的时令水果，大体有山楂那么大，青白里透着红，是那时中秋节走亲访友、祭拜先祖的必备果品。每当中秋临近，集市上就摆满了卖花红的。

一车花红，少说有三百斤，若是价钱翻一番，能赚二百多块钱，一年的学费生活费足够了，如果能兼职做家教，还可以减轻家里的负担。他在心里盘算着，为自己忽然冒出的继续读书的念头而吃惊，似乎不知不觉间，那张并不尽如人意的通知书所带来的委屈也被烈日烤化了，读书仍是他生命中照亮黑暗的一道微光。

次日，天还黑着，父亲就喊起了他，拉着架子车上路，车上放着塑料布，以防中途遇雨。父亲让他在车上再睡会，他死活不同意，反而让父亲坐上去，由他来拉车。父亲又怎么会同意？最后，只好两人替换着拉空车，另一个人走路。

用脚赶路，实在是最能丈量距离的。那种慢慢滋生出的累和疲惫，自脚底板升腾，布满浑身每一个细胞，连头都是沉甸甸的。

到了陈官庄，起了一车花红，天已近晚，就在同学家住了下来。

那时没有电话，虽联系起来极不方便，却容易带来意外相逢的惊喜。当暮色中正在院里铡草的老同学抬头看见他时，竟揉了揉眼以为是在做梦。这是高考后两人的第一次相见，落寞中带着掩饰不住的狂喜。

当时农村的孩子出不了几个大学生，能拿到高中毕业证已经是余生别在胸前的文化人标识。但志同道合的他们总是那么与众不同，作为热爱诗歌的文艺青年，他们有梦想。所以这一夜，两人的话题越说越清晰，男孩子就是血气方刚，临睡时，几乎下定了决心：放弃都不怕，还怕面对吗？

与其说是来自朋友间的相互鼓励，不如说是一天的徒步赶路带来的体力上的极度消耗，惊醒了心中那个叫作梦想的东西。

第二天一早，喝了稀饭，吃了同学母亲端上的馒头和炒茄丝，他和父亲再次出发了。

如果说第一天拉着空车赶路叫作辛苦，那么从第二天开始，负重前行就像是极刑了。满满一车三百斤花红的重量，用双臂支撑着，他和父亲一个在前面拉，一个在后面推。

拉的一车花红倒像是一车棉花，随着时间的推移，仿佛有人无声地向这棉花上浇水，这车花红逐渐变得更加沉重。

他们白天赶路，晚上就睡在桥洞里。

有一天傍晚，忽然下起了骤雨。车上带的塑料布只能忙着用来盖住花红。别说没有伞，就是有，怕也挡不住夏末秋初的大雨急风。等找到桥洞时，人已淋了个透湿。

拧着衣服上的水，他忽然觉得，这世上，也没什么吃不了的苦了，还有比这更糟糕更狼狈的吗？

然而，永远不要低估老天爷的幸灾乐祸，他总可以让你更糟糕更狼狈。

三天后，他和父亲总算到了蚌埠的集市上。因为到得早，他们占据了一块很有利的位置，刚要摆摊，不知从哪里冒出来七八个中年妇女，家常打扮，包着头巾，一人拿一个蛇皮袋子，不由分说，装起车上的花红来。这些妇女明显是有欺生经验的，还没等他们明白是怎么回事，每人都手疾眼快装了大半袋子，扛起来就走。

他这时才反应过来，这伙人看他们是外地人，是在明抢呢！

十八岁的他，哪里受得了这气，挽起袖子，就要冲上去讨要自家的花红。父亲几个箭步追上来，拉住了他，示意着，人生地不熟，莫吃眼前亏，抢了就抢了，自认倒霉吧。

回身看车子，花红被抢了大半。剩下的花红零着卖了一天，价格倒真是一块四一斤，却只勉强收回了本钱。

整个过程中，父亲一直很坦然淡定。

卸下来三百斤重担，回程的路走起来就轻快多了。他不免心疼那被抢的半车花红，父亲却安慰他说只要人没事，哪还用计较什么亏赚？

可巧，当晚又到了陈官庄，再次住到同学家。说起路上的经历，两家人不胜唏嘘。父亲又看似无意地说了句："庄稼人的日子，可不就是这么过的？"

回到家，母亲在灯下为他挑脚底的水泡，一挑一哆嗦，心疼得直掉眼泪。一直文文弱弱的他从小就听惯了父母说："你这身子骨，既然干不了庄稼活，就好好读书吧。"而这人生第一场生意，就给他上了深刻的一课。

哪一碗饭都不是那么容易吃的，何况还想吃得香甜？

父亲没有问他是如何抉择的，只在学校报到的最后一天，把这次做生意收回的本钱数给他，说："去上学吧。"

多年以后，招待他吃贴饼子、打地铺的同学已是一名法官，他则成为著名的朗诵艺术家、研究生导师。他在台上总是气宇轩昂，他的脸上甚至看不到太多的风霜，呈现给人的永远是谦逊和儒雅，就像他生来就是为了让人仰望的。

直到有一天，台下有人让他讲一段足以成为人生转折点的经历时，他想到那车被抢了一半的花红，想到了那徒步来回的五十多公里，想到了那场心灰意冷的高考，想到了那个遥遥无期的暑假。

也许，他从未忘记过。

父亲的“阴谋”

三十年前，他十五岁，初中毕业，正享受着漫长的前途未卜的暑假。

在刚刚过去的中考前，父亲给了他十块钱的“盘缠”，让他带着去城里考试。一向爱花钱的他平生第一次拒绝了父亲给的钱，还是那样的一笔“巨款”。要知道，他的同学大多家境贫寒，平日里要交学费都得向父母哭闹几场，然后东挪西借地凑，所以很多人都提前辍学了。这次考试，参加的同学多是自带馒头、咸菜和水，另外若能揣上一两块钱，就觉得自己是富翁了。

年轻时的父亲走南闯北地做生意，家里很富裕，他从来没有缺过钱花。即使如此，他还是需要编造一些名目额外向父亲要钱，什么买学习资料啦，买书买本子买墨水啦，反正只要和学习有关，父亲从来都是要一块给两块的。

有一天，他在回家途中遇到了舅爷，心血来潮就张口借了两块钱，说是学校让交卷子钱。舅爷没多想，直接掏给了他。他转身就带着小伙伴去街上吃肉丝面了。正吃得热乎，舅爷忽然出现，原来他也因赶会到了街上，发现饭店里坐着吃香喝辣的他，联想到刚刚借出的两块钱，气不打一处来，进来直接瞪起了眼。

这一天，他挨了平生第一次打。父亲还了舅爷的钱，为他的撒谎，给了他几鞋底。

他上的是乡里的初中，每年都没有考上高中的，所以他从没想过自己有学业的压力。别的男孩子早恋时，他整天忙着读金庸小说，并对照着习武，梦想有一天也能武功盖世，行走江湖。

但父亲不这么想。天资聪颖却因家中兄弟姐妹众多、经济条件不允许只上了两年学的父亲，在那个十里八乡没出过大学生的年代，起早贪黑地干活，就是盼着他能上大学，有一天吃上公家饭，再不用像自己那样干一辈子苦力。

父亲常说："钱的事我和你妈操心，学习的事你自己操心。我们各自把自己的事操心好。"

父母确实把钱挣得足够，而他的学业却荒废了。

父亲平时言语不多，对他足够信任，直到三年的初中结束他要参加中考却拒绝接钱的这一刻。

父亲愣了，虽然他什么也没说，但有了不祥的预感。接下来，父亲母亲一直劝他去城里参加考试，甚至不惜围追堵截。

这是父亲第一次输给儿子。也许，天下父母注定都赢不过孩子。

他没有去考试，因为他太清楚自己的成绩了。考试不过是花钱公开证明一下自己的失败。

他第一次感觉到父亲老了。父亲是在一天之间老去的。

奇怪的是，这次他并没有挨打。父亲何等聪明，当然明白他拒绝考试的原因，知道自己一直以来的希望落了空。父亲不再追他，但却派母亲一直跟着他，父亲怕他离家出走，甚至怕他有其他不好的念头。

傍晚，垂头丧气的他跟着母亲回家时，是预备好了接受一顿好打的。但是父亲，坐在黑暗堂屋里的父亲，像一个厚重的影子一动不动。虽然看不清表情也听不到声音，他却看到影子一样的父亲老了。

第二天，父亲说："既然不想上学，就下地干活吧。"

因为一直寄希望于让他考大学，所以父亲从没像其他的同学家长那样，让自己的孩子帮忙做农活。十五岁的他拥有农村孩子中少有的一脸细皮嫩肉。

对他来说，农活比书本知识更陌生。

但是父亲说得对，既然不想走读书这条路，就要好好做个农民，或者像父亲那样做个生意人。

这个暑假，他每天随父母去地里除草、捉虫、施肥。

除了农活，只要有会，父亲就带他去卖镰刀、卖钢筋，往往凌晨两三点就要起来，晚上八九点才能到家。家里没货了，又得随父亲去钢筋厂起货，半夜回家也是正常的。间或会带他南里北里地要账，骑一天的自行车，路上又热又渴，自己带的那点水总是被提前喝完……

总之，从来没有闲下来。

他哪里受过这样的苦？

有一次在地里除了半天草，太阳升得高高的了，父亲只让母亲回家做饭，却没说让他休息，他不敢停，汗水从头发上流下来，流了满脸，流进眼睛里，把眼睛都弄疼了，他都分不清脸上的是汗还是泪了。

有一次在会上卖钢筋，买家已经把价格压得很低了，还是不满意地唠叨。他想到购销的辛苦，不禁怒从胸中起，说不卖了不卖了。父亲却还是向买家赔着笑脸，还道歉说孩子小不懂事，生怕生意泡了汤。

有一天他跟父亲要账回来，路边有卖西瓜的，父亲在买西瓜时那一瞬间的犹豫，刺伤了他。以前，父亲为他花钱，从来没有犹豫过。难道因为不上学，父亲就不爱他了吗？但是接下来他又深感内疚，因为，父亲只买了一块西瓜，是给他的。

以前，所有的活全是父母的，现在，外出的活父亲全让他一起，说有他帮着，母亲就可以专心照顾家了。听父亲的意思，这种日子要无休无止一辈子了。

他开始动摇了，他想到自己以前将大把的时间全用在玩乐上了，觉得学习是受罪。但是现在看来，不学习才真是受罪。

他开始思考，是不是果真要当一辈子农民？

就在这样的煎熬中，中学重新开学了。母亲问他要不要复读，他只是纠结了一下，母亲就走开了。

这一年的玉米熟得特别早，他跟随父母下地掰玉米，砍秫秸，用架子车运玉米回家，体力的严重消耗让他觉得麻木了。当掰了半天玉米，父母往车上装时，母亲心疼地说让他先休息一下。

他就地躺在为给架子车让路而被砍倒的秫秸上，正午的太阳炙烤着大地，炙烤着他的脸。那一刻，他觉得真幸福，休息一下，真幸福。哪怕太阳那么大，哪怕地上那么脏。

不体会到极端的体力消耗，怎么能知道原来休息这么美好？

玉米收完，秋天已显出凉意了。母亲问他，要不要回去复读？他想起上次犹豫的代价，忙着像抢答一样说，要。

第二天，手脚磨出厚茧、肤色黑黝黝的他，带着钱和粮票，去了另一所据说教学质量好的中学。

一年后，他以提前录取的方式考上了县里的重点高中。

四年后，他成为县城当年的高考状元，也是村里第一个大学生。

八年后，他成为一名公职人员，如父亲所愿，吃上了公家饭。

父亲依旧没日没夜地做各种各样的生意赚钱，从来没有让他在上学时为钱发过愁。就像父亲说的那样，父母操心着赚钱，他操心着学习，各负其责。

在余生再遇到挫折时，他都会不由自主回想起三十年前那个漫长的暑假，那个延长到初秋的似乎没有尽头的夏天，那干不完的农活，那做不完的生意，那要不完的账。

当他日后向子女讲起这个暑假时，他会想起收完玉米的那个晚上，对母亲问话的快速回答。虽然当时父亲缺席，他却在每次回忆时，都像是看到了不在现场的父亲，脸上现出一抹会心又狡猾的笑。

一双金丝的袜子

不经意间看到的一个视频里，一个两三岁的小孩向爸爸炫耀自己的新袜子。当爸的细看之下，才发现这不是一双普通的袜子，而是一双妈妈的光腿神器。

这双袜子里，藏着小朋友的朴素梦想：长大。多年以后，当他实现了这梦想后，才知道当年的自己有多么幼稚，可谓是无知者无畏！

不禁想起侄女照耀小时候的事情，那时候她才三四岁。

当时的我正在读大学，趁着暑假，把侄女从商丘接回老家。当天晚上，我妈，也就是照耀的奶奶，在和照耀交流的过程中，忽然哈哈大笑。

爱看热闹的我，听到笑声，就忍不住跑到妈妈的卧室。只见小侄女吓得慌忙扯着毯子盖上自己的脚，大有“此地无银三百两”之势。

妈妈忙给她做思想工作：“没事，让你二姑看看，她不敢吵你，奶奶在呢！”

于是，小侄女在亲奶奶撑腰之下，大胆地把毯子拿开，把一双小脚丫伸到我的面前。只见那双脚丫上，穿了一双肉色丝袜，而这双我本来要当短袜穿的丝袜，到了小侄女脚上，直接变成了直达膝盖的长袜。

看着她得意的样子，我也像妈妈一样哈哈大笑，笑出了眼泪。

原来，妈妈让侄女睡觉时，侄女神秘地向她展示了自己的新袜子，边摸边说：“奶奶，你看我这双袜子多光滑！这是我二姑的，你可千万别告诉她！你看，滑溜溜的，灯一照还闪光，这是一双金丝的袜子！”

这一下，我笑得上气不接下气。还“金丝的袜子”！那不就是一双价值一块钱的普通丝袜吗？在小孩子的眼里，面料的光滑度竟为一双袜子平添了贵气。

照耀在这双“金丝的袜子”带来的幸福感中满足地睡着后，妈妈轻轻帮她脱了下来。丝袜不透气，又提那么高，妈妈怕勒着了小侄女。

而现在，我做了母亲，天天忙着工作、家务、辅导作业……筋疲力尽也不得不咬牙坚持，上有老下有小，责任在那里催着赶着呢。

可逗号竟然也盼着长大。他觉得长大了就自由了，就不用听爸爸妈妈唠叨了，就不用学习了……

当我告诉他，我小时候也很想长大，也以为长大了就自由了，不用被父母管了，不用学习了，还能上班挣钱，可是现在，我不光长大了，还变老了。但我的愿望却是能回到小时候，什么都不用操心，只需要好好学习就行了。

没错，长大后，我发现，小时候最傻的愿望就是长大了。

只要不出意外，长大是必然会实现的。对于必然会发生的事，我竟然还盼呀盼。

现在想来，不长大多好！无忧无虑，只需要做好学习这一件事就可以了。

小时候，我们以为长大是解决烦恼的唯一法宝。就因为没能瞬间长大，我们反而平添了诸多的忧虑。

长大后才发现，长大本身，才是烦恼中的“战斗恼”。年少时以为比天还大的烦恼，现在回想起来都是轻飘飘。而长大后，再也没有人替我们承担生活的重压、灵魂的孤独和精神的空虚。

但，没有长大的他理解不了我们的悔，毕竟，他还没有长大，只看到长大后的“特权”，感受不到长大后的压力山大。

理解不了就不必理解吧，反正我们是看出来了，命运这家伙，就是要让你在整个人生中，每个阶段都有每个阶段的烦恼。

烦恼一直在更新，在升级，在优化。

且盼且烦恼。

客串老师

不知何时，“老师”成为一种全国通行的避免尴尬的万能尊称。

“二人行，必有我师”嘛。

不知不觉，我也到了被称为“老师”的年龄。每当此时，我都会万般心虚：我到底有何德何能，可为人“师”？哪怕这只是个客套的称呼。

直到有一天，鬼使神差地回想起青春年少时的一段简短经历。

高考结束后的假期，炎热漫长，漫长到村头的小学都开学了，当老师的姐姐每天按点上班无暇陪我；漫长到地里的玉米都要成熟了，父母早出晚归留我一人在家……

有一天，妈妈忽然对即将骑着自行车出门的姐姐说：“要不，你给校长说说，叫瞧瞧去你们学校帮忙吧。”

我被母亲的想象力给惊到了，但更为吃惊的还在后面。姐姐竟然完全不觉得母亲的提议匪夷所思，反而随意地点了点头，说我试试。

姐姐“试”得很成功。

当天下午，我就坐在姐姐的自行车后架上，来到了村头的学校。校长和老师们都在大办公室，临时安排我去看管学前班的小朋友们。

按当时的农村教育理念，学前班的小孩们本身就处于

“学前”，只要领着他们安安全全在学校待到放学就行了，不需要学太多知识。

可是当我来到教室，面对几十个活蹦乱跳的小不点时，不得不承认，我还是低估了孩子的“心眼量”。

代老师给孩子们介绍说，这是你们的赵老师，这堂课负责教你们。小朋友们忽闪着精灵般的大眼睛盯着我，乖乖地点头。

代老师临走时还不放心，回头对着孩子们“恶狠狠”来一句：“都要听话呀！”

我当时还觉得，男老师就是情商低，对着这么可爱的孩子们，怎么能用如此狰狞的表情、威胁的口气？

代老师一走，我就进入自由发挥状态了，这种感觉太棒了！

我教他们唱儿歌，背诗，还算顺利。我渐渐觉得自己具有当老师的天赋，甚至有些后悔为什么不报考师范类院校……

忽然，有一个男孩举手说，他要去厕所。

我一下子慌了。小孩子想去厕所，这可是不得了的事，必须让他去，不然，在教室里尿了裤子，还了得？

我想起我上小学一年级时，有一个男生太腼腆，上课时想去厕所，却不敢告诉老师，结果下课后，他一直坐在原处，憋红着脸。而他凳子下的地上有一摊水迹，引来好多同学的哄笑。我虽没哄笑，却牢记至今。那男孩如今一定和我一样有家有娃，要知道当年的女同学还记得他尿裤子的事，得多悲伤啊。

所以，十八岁的赵老师当即决定，让这个提出如厕请求的男孩去厕所！

可没想到的是，一看这个男孩上厕所获批，更多的孩子举起手来，老师我也要上厕所，我也要上厕所……

最后，全班小孩都拥出教室，叽叽喳喳浩浩荡荡地走向厕所……

场面完全失控了……

当此时，那个恶狠狠离开的代老师从天而降，阴沉着脸，大喝一声："弄啥去！"

刚刚还如出笼的小鸟般活泼的小朋友们立即集体静音了，不说话，也不动，像是被遥控关机的小机器人。

我向代老师解释，他们要上厕所。

代老师一副"我太了解他们的伎俩了"的表情对我说："别听他们瞎说，他们就是想出去。"然后对着孩子们瞪起眼睛："都回教室去！"

小朋友们竟然也不沮丧，似乎对这"如厕未遂"的结果已经很满意了，毕竟，实现了上课期间跑出教室的小小梦想。

半天学前班老师的角色客串，给我上了生动的一课。

当天傍晚，我就接到了大学通知书，我的"临时教书"生涯宣告结束。

但我们村里的小孩们，见了我都喊"赵老师"，我当时的心虚，就和今天是一样的。那时的赵老师只有半天"工龄"，无编制无合同无工资无资格……学生们不在意这些，他们以事实为依据，以所见为准绳，执着地喊我老师。

有这段狼狈的回忆壮胆，我以后也能理直气壮地面对"老师"这个称呼了。毕竟，咱是真扮演过老师的人。

露珠妆

多年以前，还在上大学时，我曾经历过一场史无前例的大雾。似乎用“大”远远不够形容它，如果可以，应该用“巨”或“飓”来表达这场雾的规模和浓度。

我已记不清那是暑假还是寒假，只记得高中的好友相约聚会。头天在电话里说好，第二天一大早，我就骑自行车出发，先到红喜家，然后一起骑车去城里。

可是，第二天早上，却起了大雾。

雾是慢慢起来的，悄无声息。起床时还只是淡淡的，像是空气中挂满了轻纱。待到吃完早饭，外面竟然是伸手不见五指了。

天并不黑，而是一种朦胧的灰白，空气就像烟，但这烟是湿的。空气中飘浮着无数的肉眼难辨的微型水珠，它们并不是静止的，而是在游动，人像身在海洋里，只不过水的密度被稀释了。

我吓了一跳，怎么会有这么浓的雾？不过一顿饭工夫，就成了对面不见人，只闻人语响的景象。

说实在的，我有片刻的犹豫：这么大的雾，路都看不清，怎么去呢？

但年轻的心是无所惧的，我们常说“风雨无阻”，现在无风无雨，不过是一场雾，有什么可怕？

我推上自行车就要走，母亲不放心，追上来，在门口拦住我。她说这雾来得太大太奇怪了，看不见人瞅不见路咋出门？

我笑着说没事，路程很近也很熟，闭着眼睛也能摸到红喜家。妈妈还是不放心，她说去城里那么远……

我说这样吧，我到红喜家后，如果雾还这么大，我们就不去城里了。

天下没有能赢得了孩子的父母。无论母亲如何不放心，我还是执拗地上路了，这一去像是扑进了云海里，母亲在身后的叮咛变得急切、茫远又不真实。

现在想起来，真想穿越回去打自己两巴掌，为啥就那么一根筋？那样的天气，又没有手机啥的，怎么敢独自一人出门呢？

但当时，孤注一掷的我，心情却莫名地兴奋，像是开启一场冒险。

好在，这样的浓雾天气，像我这样出门的“傻子”几乎没有，至少我一路都没碰到一个。虽然几乎看不见路，却也一路畅通。

其实，我走到半路就后悔了，但是这时已经不能再返程，不然也一样是要在雾中骑行。我索性横下心来，一条道走到底。

终于，我来到了红喜家的院门前，敲了几下。红喜打开门来，大吃一惊。虽然我们约好今天上午见面，但她真没想到我会为了准时赴约在雾海里穿行。

站在她面前的，是一个水淋淋的人儿。

我的头发是湿的，上面还有一层晶莹的水珠，浑身的衣服几乎湿透，更神奇的是，我的睫毛上缀满了闪亮的小水珠。

红喜说，当时她好像看到了露珠仙子，我就像是由千万水珠做成的人儿一般。

看到她吃惊的样子，我为自己终于到达目的地而松了一口气。

我笑了。

这一笑不打紧，睫毛上的“露珠”纷纷落下，打湿我的眼睛和面庞。那个像是用“露珠”化了妆的女孩，在这眼睛一眯之间，“妆容”再次花了。

满脸的“露珠”妆瞬间变成脸上的微河流。

可惜当时没有智能手机，不然将那副形象拍下来，该是多么珍贵的记忆啊。

后来呢？后来太阳出来了，雾渐渐散了，我和红喜骑着自行车，去城里找小冯和张磊去了，几个人就像“话疯子”一样聊个没完呗！

俗人的春天

作为一个俗人，春天于我的意义，远不止于莺飞草长的浪漫。

那样的浪漫，对我来说，实在太俗了。

我对春天最大的兴趣，在于可以剜野菜。

我乐于去剜的野菜，却仅止于荠菜。

可是，我却一直没有一套称手的剜菜工具。于是，只能用手去掐，结果弄得指甲盖都绿了，洗也洗不掉，特影响我优雅的淑女形象。

每个春天，看着绿指甲，我都会暗下决心，一定要买一套铲子。可是春天那么短，荠菜转眼就老了，节假日辅导作业的时间太长，各种打岔，非得到第二年春天郊游时看见了荠菜，我才会再下一次决心，再拖拉，于是乎，便拖了一年又一年，我一直没有一把小铲子，一直保持着每年春天总有那么几个周末拥有绿指甲的“习俗”。

今年，为了畅意地剜荠菜，我特意网上下单了一套小铲子，共三把，花费 18.91 元。

买铲子的举动，是在两次拥有绿指甲之后才着手去实施的。

荠菜的采摘地有两处，一是在东风渠边，一是在象湖附近。严格地来说，荠菜是早春的菜，到三四月份，荠菜大多已经老了。只有很少的新生荠菜娃可供采摘，要耐下心来，要火眼金睛，才能发现。

这次来到象湖附近，本来的目的是摘草莓，摘完了，发现旁边是一片油菜，金黄正盛。而油菜的旁边是一片荒地，大概只有半亩的样子，像是不久前刚刚翻过。于是，便有新落的荠菜种子趁着刚过去的一场春雨，探头探脑出来看世界。

我蹲在地上，一点点往前挪。或从开满花的荠菜妈妈枝上掐下几根嫩杈，或从地上拔下一两棵极嫩的荠菜宝宝。

不时有郊游的人驻足发问："你在找什么?"我说荠菜。

便有人也作势要找，没两分钟就抱怨："根本没有荠菜啊，太少了!"

我说是的，很少，所以要耐心找。

我一步步挪着，左一棵，右一棵，零零星星的收获不断。

可是那好奇的陌生的同游人，来来回回走几遍，还是看不见荠菜。

由此，我发现了一个秘密，那便是，蹲下来才能看到荠菜。

在一片荒地上，站着放眼望去，不过是野草和张扬的荠菜花。

只有蹲下来，一点点丈量土地，才能于杂草中认出躲藏的年轻野菜来。那是一群爱捉迷藏的野菜，粗心大意的人是找不到的。

又一个周末，装备齐全的我再次来到了这片荒地，发现三把铲锹中最称手的竟然是标价 3.6 元、其貌不扬甚至惹我嫌弃的铲子。

真是"铲不可貌相"! 它很像我小时候常用的那把简易

小铲，不过这把没有木柄，而是整体铸就的。

我继续蹲下来畅意地剜野菜。不过是一周的工夫，嫩荠菜更少了。当我剜到最后几步时，听到一个小男孩对妈妈说："妈妈，咱也赶紧挖吧。"

那位年轻的妈妈很不解："挖什么呢？"

小男孩急切地回答："挖地呀，挖土呀，赶紧挖呀……"

我没有抬头，却笑了。小男孩可能只看到我兴致盎然地在挖呀挖，他并不确定我挖的是什么，却被这持续不断挖过每一寸土地的热情给吸引住了。

或许，他以为能挖到宝藏。

挖，本身就是一种宝藏。

在我小时候，房前屋后沟边遍布荠菜。可是，我们那里的人，当时却是不吃荠菜的。只知道春天里，荠菜花肆意绽放，那么细碎的小花，竟也装扮了贫瘠的乡村。

上小学时，我喜欢采荠菜花。我所谓的采，不是掐一朵花，而是连根拔起，带着土，养在小药瓶里。

那种小药瓶不过拇指粗细、拇指长短，来自舅舅家。因为妗子的姐姐是护士，家里便囤了许多这样的小药瓶。原本，小瓶子里盛放的是用来打屁股针的药粉。我曾在生病时，心怀恐惧注视着乡村医生小刺，撕掉小药瓶外面的一层铝盖，把药水通过针管打进药瓶内，再用拇指和食指捏住瓶盖瓶底，用力摇晃，让药粉充分融化。最后，用针管把药水打在小孩的屁股上……太恐怖了！

用完的小药瓶便成了小孩子的玩具。

我就是拿这样的小药瓶充当简陋的花瓶，把采来的整棵荠菜养在狭小的空间，置于课桌上，尽情欣赏它的盛放，呼吸它的清芳。

那是一个孩子对美与生命最原始的爱吧？

小时候，我还一直梦想拥有一把属于自己的小铲子。家里的铲子不知用了多少年，早已磨损得只有半个手掌大，既不美观也不好用。而我的小伙伴，几乎人人都有一把完好无损的新铲子，割起草来别提多锋利了。

可我没有。父母也不觉得有为我添置新铲子的必要。所有的农活都属于别人家的孩子，我的任务就是读书，考出好成绩。

他们哪里知道，和小伙伴们一起割草剜菜，哪里算得上农活？那明明是轻松愉悦的郊游！

就这样，我就成了一个没有小铲子的孤独者。

那么多年过去，少年远去了，青年不见了，直到我成为中年妇女的今天，我终于为自己添置了一把称心如意的小铲子，可以随心所欲地剜野菜啦。

后来发现，豆先生竟然擅自用我的小铲子整理菜园，一边连呼称手，一边嘲笑我“剜个野菜也要配备专业工具”。

咋了？人生苦短，无论什么事，只要咱喜欢，不都应该用心对待吗？

哪怕是每年只有一个春天，哪怕每个春天只剜一次野菜，哪怕剜的野菜只有一种，我也要为自己配备专业工具，有什么不对吗？

这不是简单的仪式感，而是实现了那个孤独小女孩的心愿。

只是，当我也拥有了一把小铲，却不见了昔日的伙伴。

土馒头

小孩子对世界的理解总是出人意料，那未曾被世俗固化的思维透着超脱与禅意。

春天回老家时，田野里尚显萧条，沉睡了一个冬天的庄稼刚刚睁开惺忪的眼睛，还没来得及长疯，远远望去，绿油油的麦田里，不时鼓起一个个土堆，那是坟包。

儿子好奇，问那土堆下面是什么。

我说土堆是故去之人的房子，每一个土堆下面，都沉睡着一个人。

“那这个人还会醒来吗？”

“不会，一旦睡到土堆里，人就没有了生命，进入了天长地久的长眠期。”

“那下面的人一直在土里，不会害怕吗？”

“不会，一个人只有失去了喜怒哀乐惧，才有资格长眠地下。”

……

司机豆先生很忌讳谈到死亡，一而再再而三地呵止我们，话题被迫中断。

没想到几个月后，一天晚上，临睡前，照例是我和儿子的卧谈。

他说，妈妈，等我长大了，挣很多钱，给爸爸。

这儿子可真孝顺，但是为啥不给妈妈？真偏心哪！

“让爸爸拿着钱去买一套房子自己住，我和妈妈住在现在的房子里。”

哈哈，原来打算和爸爸分家，把爸爸扫地出门，让爸爸另立门户啊，哈哈哈……

“儿子，你长大了，就不会喜欢妈妈了，你会喜欢年轻漂亮的女孩。”

“不会的，我喜欢女孩，妈妈就是女孩，所以我当然喜欢妈妈，一直喜欢。”

“到那时候，妈妈就不是女孩，而是老太婆了。”

“我就喜欢老太婆！”

正被这甜蜜的谎言哄得心花怒放，他忽然陡陡地转了个弯：“妈妈，等你老成老太婆了，有一天你老死了，我就把你埋在地下，上面堆一个大土堆，然后我做一个牌子，写上‘妈妈’两个字挂在土堆上面，留作纪念。”

这一预言吓得我一身冷汗困意全无。我知道人终有一死，可是你这臭小子能不能不做这样的预言？我还是比较喜欢你能祝我青春永驻，我不介意做妖精……

哄儿子入睡后，我的思绪再次回到了小时候。

农村的田里，不均匀地分布着这样的土房子，自小见惯了，便习以为常。随着生活水平的提高，村里的居住区在自发地扩大，原本的耕地改造成宅基地，那本来常见的土房子，便有可能变成了房前屋后的“钉子户”。

小时候，有一天，家里来了城里的亲戚，一个叫大飞的男孩和我们一起在村里跑跳打闹。正玩得开心，大飞忽然面如土色地飞跑起来，其他孩子不明所以，环顾四周，并未发现凶猛的野狗，于是远远地大声问他怎么了，他头也不敢回，只是惊惧莫名地回答：“天哪！那里竟然有一个坟头！”

半晌，我们才明白，原来是路过的一户人家，在家门口偏东不过五米的路边，就有一个年份久远的坟包，上面布满了杂草，还生长着一棵茂盛的歪脖柳树，那一定是在死者的葬礼上，亲人们当场栽下的。

在往生之人的葬身之地栽下一棵柳树是豫东大地古老的习俗。这棵树会充当墓碑的角色，哪怕千秋万代后香火难续，无人能辨，树也是一种铭记，一种纪念，一种无言的陪伴。

大飞看到的坟包，从我们小时候就安静地待在那里，即使开了路，路也绕过坟堆呈蜿蜒状，阴阳相敬，互不打扰。我们更是天天在村里乱窜，路过不知多少个这样的坟包，从来没觉得有什么不妥。那坟包里，是不知何年何月生活在这片土地上的先祖，兴许和今天的我们有着千丝万缕血脉上的联系。这有什么可怕的？

但城里来的大飞不可能理解，也无法接受逝者与生者之间毫无界限地居住。这也是城乡文化的差异吧。

在我们的传统中，人们似乎很忌讳直面死亡，因此也不愿谈及死亡，似乎那是一种阴影，包含着某种不吉利和对生命的神秘威胁。然而死亡如此确定，没有人能逃脱。有时我想，我们是否一直因恐惧而误解了死亡？在每个人的生命中，都有两个重要的日子。一个是确切的日期，那是我们生命的起点，在漫长的人生中，我们每年都会隆重地庆祝。这个叫作“生日”的日子。另外还有一个重要的日子，是在生命的每一天都无法预料到的归期。谁也不知道它是未来的哪一天，但它却存在着，决定着可能猝不及防的告别。与这个日子有关的所有纪念，都与当事人无关，却承载了亲人朋友乃至后世子孙的怀念。

死亡是什么?

我们潜意识中把死亡看作让人恐惧的魔鬼，虚构出的死神则充满阴森之气。所有可能引起死亡联想的数字、语言都成为禁忌。但也许，人生不过是一场梦，是借助肉身经历的一场旅程，而死亡不过是回归，然后适时开始另一场旅程。

直面生命，会发现，其实活着的每一天，我们都在为死亡做准备。所有的努力、挣扎、奋斗、不舍，都是为了体面地死去。这体面有物质上的丰足，也有精神上的无憾。

韩剧《我的大叔》中，朴东熏在职场受排挤的同时得知妻子出轨，他扑倒在雪地里，巨大的痛苦让他生无可恋。半天之后，他告诉自己：“我今天还不能死，因为，没穿贵的内裤。”

看，因为没有准备好，因为现在死不够体面。一条不够贵的内裤，可以拯救一个生命。

或许，死亡不是结束，而是新生。我们从婴儿哭着来到这场人生中，哭哭笑笑，悲悲喜喜，爱恨一场，终究退场，放弃肉身醒来，可能也会做个总结，然后再匆匆进入另一场经历迥异的人生。人生都是不同的。这场人生中遇到的人和事，不会在下一场人生里相逢。那些恩怨相欠，在每一场人生之后都会被清算，然后结束这一生的人们以零余额的赤裸，进入下一场人生。

还有什么不能面对?

还有什么不能释怀?

还有什么不能放下?

放下，是一种救赎。

一棵进城的树

父亲从一棵树上挑选了一根个头不大不小、根系相对独立发达的枝条，小心翼翼地用铁锹、镢头连土挖出，又用塑料袋裹住原始泥土包围的根，像打扮一个待嫁的女孩，将其收拾得妥妥帖帖。

就这样，这根枝条陪我踏上了返回郑州的长途大巴。

父亲推着那辆老旧的二八自行车站在大巴车外的路边，无论我如何劝说，他坚持要等大巴开了再回去。

终于，大包小包的人们都就位，大巴奋力地启动，我向窗外的父亲挥手。执着的父亲，不善言辞的父亲，依旧在原地凝望，渐渐变成远处的一个黑点，直到拐个弯，再也看不见。

我最怕这样的告别，但告别已成常态。

不知为何，年轻时严厉的父亲，在我们长大成人后，却一天天变得深情起来。虽然依旧是不说，却用这种固执的送别方式表达他独有的深沉的爱。

无言，越发让人难以承受。这时，我都希望车快些开，希望弯快点拐，最好在我的眼泪出来之前。

深吸一口气，调整一下情绪，给豆先生发信息："已出发。准备好接我，我带着一棵大树。"

那棵无花果树，就是这样到达郑州，并于当晚被栽在楼上露台的一个大花盆里。

那是2008年冬天，我回老家看望父母，相中了院子里旁枝颇多的无花果树。在主树附近的地上，发出了许多旁枝，都长着根。

妈妈担心："冬天栽树，能栽得活吗？"

父亲却说："冬天才是最适合栽树的，因为树睡着了。等到第二年春天醒来，发现根已扎得很深，也就'既来之则安之'了。"

父亲的观点，倒像我在一本书里读到的东洋人爱在冬天植树的理由。

那还是一个没有微信的年代，电话费很贵还有异地漫游，短信一条一毛钱。

豆先生接到短信，就清理出最大的花盆，从楼下的绿化带偷偷取了几趟土，累得老腰都要断了。

面对我带的这棵"大树"，豆先生哑然失笑，此后多年，拿此事当笑话讲。

不过是一根带土的枝条，哪里配得上"大树"的称呼？

我说广告嘛，都具有夸张的天性。

在老家的黄土里肆意扎根的枝条，却不太适应城市里土量少得可怜的花盆。春天来临时，她已经被经历过的风雪摧残得只剩残枝了，完全没有要发芽的迹象。

我不甘心，便天天浇水。

为了让我死心，为了节约水资源，豆先生折断了枝条，断口处可见，那已是毫无生命迹象的柴火了。

我很难过。

不禁想起母亲的话，当年，老家的无花果树是小表弟永翔从城里折的枝条，插在土里，天天浇水，却不见活，反而成了枯枝。母亲不甘心，便日日浇水，浇了两个月，小树真的活了。所以，才有了每年可吃的甘甜果实，才有了今天这株枝条。

正值毕业答辩前的最后一个春天，课已结束，大家都在准备毕业论文，我多数时间居家。豆先生经常出差，在论文数据里倍感枯燥无味的我，用母亲用过的笨办法，天天浇水，想要让这株无花果树枯木逢春。

我没有指望奇迹发生。

但浇到了四月初时，有一天傍晚，我发现在枯枝贴土的位置好像有什么东西破土而出。我用手轻轻摸了下，觉得硬硬的，圆实的。我确定这不是枯枝本身的部分，连浇了两三个月的水，我对这花盆里的小世界熟悉得不能再熟悉了。

我狂喜，打电话告诉妈妈。电话那头的妈妈笑了，说很可能是发芽了，树的芽是很坚实的，所以才会觉得硬。她建议我第二天早上再看看，确认一下。

次日一早，我迫不及待地上楼。

生命如此神奇！不过是一夜之间，昨天晚上还不辨颜色的位置，已出现了深绿的小蘑菇头一样的新芽，头上还顶着一小块土皮。

虽然小，但那树芽毫无羞涩之感，反而生机蓬勃。

一棵本来被判了死刑的树，竟然在我日复一日的浇灌下，展露出了生命的顽强。

心中原本的负罪感被喜悦取代了。

更神奇的是，就在这个秋天，不足半米高的娇嫩的无花果树就结了两颗果子。虽然豆先生取笑我说，连日浇的水怕是可以买几斤果子了。

这能一样吗？

能这样计较得失吗？

这是一株树，是一条命，是无价之果啊。

然而，因为花盆土量所限，这棵无花果树最终也没能长大，每年只能结有限的十来颗果子。想到在老家茁壮成长的“树”妈妈所结的累累硕果，我为不能给这棵小树一个广阔天地而内疚。

她永远也不可能配得上我最初的夸口了。

后来，我又在一篇小说里读到，一位姐姐远渡重洋，把一棵东四胡同的香椿枝条扎在笤帚里带到了美国，种在了地球另一边的土地里。这株漂泊海外的香椿在那里扎根，长出了新芽，原来的枝条却全都枯萎了。

这让我感动。

树，如人。

我们要有新的开始，就要把旧的一切摒弃，要从现在的环境里生出全新的自己。

虽说“忘记历史意味着背叛”，但更多时候，记忆带给我们的是怀念的牵绊和囚徒一样的愁绪。所谓“断舍离”，大概也是这意思吧。

洗　澡

我对澡堂子的恐惧，源于五岁时的一次集体洗澡。

即使是二十世纪八九十年代并不富裕的农村，也从来没有少了“流行”。每隔一段时期，必然会有一股不知从哪里刮过的风，把一股莫名其妙的潮流带过来。

那股叫作“流行”的风，刮过随意生长的白杨树，刮过田野里的大秫秫、小秫秫、大豆、绿豆，刮过家家户户的青瓦屋顶，搜刮走每家每户少得可怜的票子。

那时候，我们把人民币叫作“票子”。

“流行”的内容大部分是衣服鞋袜。

“流行”的执行人大多是村子里最“趣”的姑娘。“趣”，在永城方言里表示“爱打扮”，也可称为“穷讲究”，放到今天可以称之为“精致”。最精确的解释，需要运用丰富的想象力，脑补一个个无论长相如何，都喜欢用各种各样的脂粉、衣装，把自己尽可能装扮成漂亮模样的姑娘，她把尽可能多的时间用于在尽可能多的人面前展示自我。

当那些在意外表的“趣”姑娘们集体穿起黑白大方格子半裙，我就会恨自己不能快快长大，长到十八岁，在街头最热闹的地方晃动着白衬衣格子裙装扮下的腰肢，发出银铃般的笑声。

若干年后，读了所能搜罗到的一切课外书（我当数学老师的舅舅把它们统统称为“闲书”）之后，日渐“渊博”的知识让我重新认识儿时的记忆。曾回响在孩子的耳朵里，那骄傲而张扬的笑声中透出的说不清道不明的魔力，被书本里的词汇鉴定为“肆意”“魅力”“诱惑”甚至“浪荡”。

当大部分女孩子都收到来自姑姑的两幅白底红色鲜花手帕，极少数两手空空的小姑娘会带着羡慕和落寞，怨自己的父母为何没有姐妹，继而怨爷爷奶奶为什么只会生儿子。在长达几千年重男轻女的传统里，这或许不是女性的第一次觉醒。

流行过某一款皮鞋，某一款连衣裙，某一款西装，某一款首饰……

在我五岁那年的秋天，忽然流行去澡堂洗澡。

就像一声炸雷，那一天，不知谁得到并传播的消息，反正大家都知道了，茴村街上，第一家澡堂开业了。于是，大姑娘小媳妇们都约着去洗澡。

在澡堂产生之前，无论冬夏，农村人洗澡就靠盆。

四岁时，搬入新家的那个夏天，父亲买了两个枣红色椭圆形的塑料大盆，深约三十厘米，专门用于给孩子们洗澡。在每家每户最多只有一个多处掉瓷的搪瓷洗脸盆的时代，这是多么奢侈的消费！

我还记得看看和闪闪来我家玩时，我们一起坐在大盆里，水溅得满头满脸，天真的笑声里，却只有最简单的快乐。

与其说是洗澡，不如说是戏水。

冬天的时候，农村人不需要洗澡。这不光给虱子们营造了足够的生存繁衍空间，也让棉衣包裹下的身体有充分的时间用于藏污纳垢。每天早上例行清洗的手和脸是干净的，不光干净，还因抹上了雪花膏而喷香。当然，手会因寒风吹拂、与水不可避免的接触而皴裂、红肿或长泡。

一个漫长的冬天过去，当人们想要换上单薄的短裤短裙时，因来不及洗澡，免不了暴露出黑乎乎的膝盖和“车圈胳了绷”（“胳了绷”，即脖子。加上“车圈”二字，意指黑得像轮胎），引来他人的一片哄笑。不过，这负责哄笑的人，如果胆敢换上同样的短装，也会出同样的糗。

后来，走南闯北的父亲买来了几个塑料薄膜型的“浴罩”，吊在房梁上，像个巨大的灯罩般笼罩在倒满热水的铝制大盆里，终于让我们实现了冬天洗澡的愿望。蒸腾的热气让浴罩鼓胀起来，营造出一个临时的简陋浴室。赤裸的身体在氤氲中变得洁净。只是，若一不小心碰到了依旧冰冷的浴罩，会被冰得打个冷战。

而那个秋天，已是晌饭，全村都沸腾起来。不光人沸腾起来，就连洋车子也沸腾起来。从妇女到姑娘到小女孩，都慌慌张张。无论是自家的还是借来的洋车子，都是一个人骑着，前架上坐着小孩，后座上坐着大人，向着茴村的方向疾驰。

最初，五岁的我茫然无措，不知大家急着去茴村干吗？直到姐姐的同学月兰也来约姐姐，我才知道茴村街上开了一家澡堂子。

最先开放的是女澡堂，所以，虽然只有五岁，我还是凭借性别优势，坐在了我家那辆二八大洋车子的前杠上，紧张又兴奋地双手紧抓着车把，准备像大人一样参与一次流行性活动。

你无法想象，全村的女性集体出动是多么壮观。

到了澡堂里，扑面而来的喧嚣和浓重的混合体味让我害怕起来。热气夹杂着人体污垢的气味，以及新洗出的赤裸肉体散发出的无以名状的气息，让人窒息。

我不知所措。

早期的澡堂尚没有储物柜，十里八村来的女性同胞们都把衣服放在沿墙摆成一圈的简易木床上。不记得有拖鞋，只见一个个原本穿着不同衣服的人，迅速地脱掉衣服，打闹着跑向那个似乎更喧闹的小门。

而不时从那个小门里走出来的，是浑身冒着热气、头发湿湿的、肉乎乎的人儿，似乎长时间的浸泡让她们都肥了一圈似的，记忆中的她们都是白白胖胖的。因为内外温差的原因，出来时的她们缩得更紧了，边跑向床边发出“吼吼”的声音，像是为了驱寒。

这些走出来的人在一堆乱七八糟的衣服里扒来扒去，艰难地找出自己的衣服，这里一件上衣，那里一条裤子，还有遍寻不见衣的人们随口而出的抱怨。

我被这情景给吓住了。无论姐姐和同去的女人如何劝解，我就是不愿意脱下自己的衣服。

姐姐指着一个个洗前的或洗后的人，告诉我没什么可怕的；月兰还带着我向那个供人进出的小门后的现场观摩了半天。只见里面有一大一小两个池子，挤满了大人小孩，热气模糊了她们的相貌，笑声闹声骂声不绝于耳……

我更不敢进去了。

姐姐不放心我一个人在外面等，她就一直用各种方法试图哄我去洗，我却不为所动。后来，月兰自己进去洗了。姐姐非常焦急，她意识到自己白来了一趟，只因这个不听话的妹妹，非要跟着来，来了又不愿意洗。

时间慢慢过去，月兰洗完了，自告奋勇要看着我，让姐姐赶紧去洗。

我内心一直在痛苦地挣扎。直到姐姐拿着洗发水和毛巾走向那个小门，我还是没有做出决定。直到姐姐又从那个小门里出来，看着她红扑扑的脸庞，我才下定决心要去体验一番。

月兰和姐姐都哭笑不得，说你不是在这儿耽误时间吗?一直让你洗你不洗，我们都洗完了你又要洗，天都快黑了……

无奈，姐姐不得不带着我走进那个神秘的小门，她因此在半天之内被迫洗了两次澡。

姐姐带我进了那个小澡池，里面的水很烫，我却不敢叫出来。人挨人，人挤人，根本不可能做到不与人接触。而且，即使姐姐用胳膊护住我，那水里也混杂着各色人等的污垢和表皮组织。

我不敢再任性地跳出来，任由姐姐温柔的手抚遍我瘦小身体的每一寸肌肤。

我木然地看着眼前的一切，不过是一个又一个热乎乎、散发着湿气和体味的身体。那些粗声大气的妇女让我只想快速逃离这里。

作为最后一拨入池者，当我们穿好被凌乱地扔在床上的衣服，顶着湿漉漉的头发走出澡堂时，天已是黄昏。

一路上，月兰一直在为今天因我而延长的洗澡时间津津乐道，我则一直无言，为自己的错误自责。而不善言辞的姐姐大部分时间沉默着。为了捧月兰的场，她时不时发出一声表示认同、充满歉意的笑声。

回到家，面对父母焦急的追问，月兰和姐姐又配合着讲述了一遍我的壮举，我更沉默了。

这是我平生第一次赶流行，留下的却是永远消除不掉的心理阴影。

此后漫长的人生中，我再也没有在不止一人的大池子里洗过澡。而拥有一栋能在自己家里洗澡的房子则成了执念。

行走在城里的庄稼

小的时候，总有人用夸奖的语气对父母评价我："你们家的闺女给城里的小孩样。"

此处的"给"，就是"像"的意思。"城里"，指的是永城县城，我们不叫县城，叫"城里"，且这里的"里"并不是轻音，而是要吐字清晰，甚至比平时说"里"时还要重些。

把如此通用的叫法给一个县城，有种没见过世面之感，好像全世界只有这么一座城似的。

"城里"是个遥远又洋气的地方，我很向往它。

在那个农村普遍贫困的年代，缺衣少食是常态，大人们都在为下一顿饭奔忙，哪里有时间管到处疯跑的孩子？破衣烂衫、鼻涕横流、袖子油光发亮能擦着火柴，脏兮兮的小孩遍地跑。

我的父母也忙，甚至比其他的父母更忙些。但母亲总是要让我们保持干干净净，从脸、手到衣服鞋袜都要干净。

于是乎，我便成了"给城里的小孩样"。

每听到有人这样评价，我都会在心里得意扬扬，表面上却是害羞的模样。我太小，尚不知如何恰当地表达喜悦或掩饰喜悦。

长大后，我知道，这个世上有许多城。城里的世界比我们想象的大许多，却又比农村小许多。

因为容不下所有人，城市便成了梦想的稀缺地。

每一个农村孩子，都向往脱离土地的城里。

我也是。

我不喜欢雨天的泥泞，不喜欢晴天的尘土，不喜欢方言的土气，不喜欢旱厕的肮脏……

从黄土地里长出来的村姑，千方百计钻进书本里，妄图从字里行间走出一条通往城市的不归路。

那是多么冷酷的梦想！

吮吸着父母的血汗，在岁月的旅程里杀出一条血路，城市变得触手可及。

钢筋水泥混凝土的世界里，高跟鞋走得平衡踏实，写字楼窗明几净。

明明在那个比当年梦想还要高端的城里，这片黄土地养育出的心田，却不免杂草丛生。

我从农村来，却不识稼穑，父母没有教我耕种，我走的是一条忘本的异途。

我知道我的周围，响起的普通话里潜伏着各地的方言味道；城市的户口本里，也潜伏着数不清的农民。

然而，我从未嫌弃过我背离的家乡。

身为土地的逃离者，在不能回头的异乡，无比热烈地怀念着家乡那方土地的热情与冷漠，那帮乡亲的高尚与促狭，那一草一木中残存的爱和信仰。

当有一天，我听从心的驱使，用我从尹老师那里学会的文字开始耕耘，我惊讶地发现，我播下的文字的种子长出了永城方言的模样。而我一心追逐的城市，却连影子也看不到。

语言是个泄密者。

我像个瘾君子，从乡音乡情中汲取着营养或毒素，如醉酒，如沉睡，如昏迷，如梦死。

我知道城市里行走着很多人，他们用刻意标准的普通话来淡化自己出生地的印记，但怀念会让他们不经意间露出破绽。儿时的经历、记忆深处的痛与快乐都给我们烙上了无法磨灭的印记。

不知不觉，你的回忆就会出卖你。

回乡之路，注定是逆行。

那些最亲切的笑脸，都是给衣锦还乡之人准备的。

我们即使满目疮痍，在回乡之前，也要伪装成幸福的模样。

回家，有时是演场戏。戏里只有欢喜之情，只有欢迎我们的人，只有一个大团圆结局。

在离乡时的依依不舍中，总充斥着离别的伤怀和释然。

回乡之旅，注定只是片段。

我们还要回远方，那个我们向往过的远方，去疗伤，去闯荡。